MALÉDICTION DU SANG

À Cathrin

Avec tous mes remerciements à Myun-Sun,
Yasue et Jovi (promotion 95) pour leur aide
et leurs conseils concernant les Kang-shi.

Toutes les notes sont de la traductrice.

Édition originale publiée en 2009 par Scholastic Ltd sous le titre : *Blood Sinister*

Pour l'édition française :

ISBN : 978-2-02-104165-1
Loi 49-956 du 16 juillet 1949 sur les publications destinées à la jeunesse

CELIA REES

MALÉDICTION DU SANG

Traduit de l'anglais par
Anne-Judith Descombey

Seuil jeunesse

PREMIÈRE PARTIE

« Prenez garde à la manière dont vous vous coupez.
C'est plus dangereux que vous ne le croyez… »

Conseil du comte Dracula à Jonathan Harker,
dans *Dracula*, de Bram Stoker

Chapitre 1

Ellen Forest n'était pas malade, pas vraiment. Du moins n'en avait-elle pas l'impression la plupart du temps – fatiguée, oui, mais ça pouvait arriver à n'importe qui. N'importe qui pouvait se réveiller en sueur au milieu de la nuit, puis frissonner aussitôt après. C'était banal, ça arrivait à tout le monde à un moment ou un autre.

« Mais moins souvent qu'à toi », lui murmurait une petite voix intérieure.

Beaucoup de gens s'enrhumaient, attrapaient des angines, rétorquait-elle. Beaucoup avaient la grippe et des courbatures. Cet hiver devait être particulièrement pernicieux : c'est ce qu'on avait annoncé à la télévision.

La pluie frappait le pare-brise tandis que la voiture glissait dans un bruissement à travers les rues détrempées de ce mois de novembre. Les piétons étaient peu nombreux sur les trottoirs habituellement populeux de Londres. Les rares à s'être risqués au-dehors titubaient, renfrognés, voûtés, emmitouflés dans leurs manteaux. Ellen frissonna et se réjouit d'être en voiture.

– Ça va, ma chérie ? demanda sa mère, qui était au volant, sans se retourner, mais d'une voix empreinte d'inquiétude. Tu es sûre d'avoir assez chaud ? (Son regard anxieux chercha le sien dans le rétroviseur.) Il doit y avoir une écharpe sur le siège arrière : tu devrais peut-être la prendre…

– Mais je vais très bien, maman, vraiment. Ce n'est pas la peine d'en faire une montagne.

– Bien dit ! approuva sa grand-mère, et les rides de son visage se creusèrent tandis qu'elle lui souriait du fauteuil avant du passager. Ses yeux bleus agrandis par d'épais verres de lunettes étincelèrent, lui exprimant un soutien sans réserve.

– Laisse-la un peu tranquille, Stella. Elle n'a plus trois ans, mais seize, et elle est assez emmaillotée comme ça, ajouta-t-elle.

– Mais le spécialiste a dit…

Avec un soupir, Ellen se renversa dans son siège. Sa mère avait pris sa voix « médicale » caractéristique pour dévider son sempiternel refrain sur les symptômes, le diagnostic des médecins, leurs suppositions et les hypothèses qu'ils avaient définitivement écartées. Enfin, et, à cette pensée, Ellen réprima un frisson, il y avait les examens. Des aiguilles creuses crachant du liquide. De longs tubes luisants remplis de sang rubis qui serpentaient vers elle ou hors d'elle. « Ça ne vous fera même pas mal », lui disait-on toujours, mais en fait, ça faisait toujours mal. Elle regardait les rues mouillées et glissantes en luttant contre la nausée.

– La vérité, trancha Edith Baxter, coupant court au bilan médical de sa petite-fille, c'est qu'ils n'ont pas la moindre idée de ce qui cloche chez elle. (Sa vieille main arthritique saisit le dossier de son siège, tâtonnant à la recherche de celle d'Ellen.) C'est bien pour ça qu'elle est ici, hein ? En attendant, elle n'est pas invalide. Moi, en tout cas, je ne compte pas la traiter comme telle. Ah, nous y sommes !

La voiture vira dans l'allée. Des buissons et de grands arbres formaient une masse dense isolant de la rue l'imposante demeure victorienne. Aucune lampe n'était allumée pour accueillir les nouveaux arrivants et, dans la lumière déclinante de cette fin d'après-midi, son aspect était lugubre, sinistre et même effrayant.

Mais moins que ce qu'il y avait de l'autre côté de la rue, se dit Ellen en évitant de regarder dans cette direction. En réalité, on ne voyait pas grand-chose, en tout cas pas depuis la rue, seulement un haut mur surmonté de grilles. Il bordait la rue en décrivant une courbe et délimitait la partie la plus ancienne de l'un des grands cimetières de Londres. Presque en face de la maison de sa grand-mère s'élevait l'un des portails. Sur un panneau écaillé, on pouvait lire : ENTRÉE STRICTEMENT INTERDITE, bien que ces entrées ne fussent plus utilisées depuis trente ans. Des arbrisseaux avaient poussé, entrelaçant leurs branches aux barreaux rouillés de la grille, alliant leur force vive à celle des chaînes et des cadenas. Tout était si envahi par la végétation qu'on se serait cru devant une forêt ; on ne distinguait même plus le sentier sinueux qui s'enfonçait vers l'intérieur.

D'en haut, du grenier de la maison de sa grand-mère, on voyait mieux le cimetière. Le marbre blanc sale de mausolées tombant en ruine luisait à travers un dais de feuilles, et on entrevoyait des colonnes de granit renversées et des anges en pierre brisés dans les interstices de la végétation. Si certains dégâts résultaient d'actes de vandalisme, la plupart étaient l'œuvre d'arbres devenus géants, dans la force de l'âge, dont les racines et les troncs s'étaient frayé un chemin au milieu des ossements, du bois et de la pierre.

C'était un lieu solitaire, étrange et dangereux. L'accès en était défendu à juste titre. Les sentiers avaient disparu, il était facile de s'y perdre et le sol était truffé de caveaux et de passages souterrains. Par endroits, des trous gigantesques béaient sous une mince couche d'herbe et de broussailles. Ailleurs, il suffisait de faire un pas pour passer à travers des briques rongées et tomber dans un puits assez vaste pour dissimuler une maison. Du reste, même par les jours les plus ensoleillés, il y faisait sombre. Cerné de rues et de maisons, c'était un îlot de silence surnaturel et inquiétant.

Ellen n'en avait jamais exploré l'intérieur chaotique, qu'elle avait entrevu seulement de la fenêtre du grenier. Andy, si. Il y avait des années qu'elle ne l'avait revu, mais lors de ses séjours chez sa grand-mère, quand elle était enfant, il venait souvent jouer avec elle. Il connaissait le cimetière comme sa poche, ou c'était du moins ce qu'il prétendait. Un jour, il les avait mises au défi de l'accompagner au cimetière, sa sœur Karen et elle. « Pas question ! » avaient-elles répondu, et il était parti seul. C'était un matin, et il n'était pas réapparu avant la fin de l'après-midi. Il était rentré tout droit chez lui, pâle et silencieux, et il n'avait jamais soufflé mot de ce qui lui était arrivé là-bas, si tant est que quelque chose lui fût arrivé.

– Ça ira ? Tu pourras te débrouiller toute seule ? demanda sa mère, qui avait fait le tour de la voiture pour lui ouvrir la portière et l'aider à sortir.

– Bien sûr ! Je te l'ai déjà dit, maman. Arrête de faire toutes ces histoires. Je ne suis plus un bébé !

Pourtant, alors qu'elle prononçait ces mots, elle sentit toute son énergie l'abandonner et ses jambes fléchir. Elle dut s'adosser à la voiture pour reprendre des forces avant de monter l'escalier. Elle était malade. Très malade. Quand la faiblesse s'emparait ainsi d'elle, elle le ressentait jusqu'au fond de sa moelle, et elle le lisait dans le regard anxieux de sa mère et dans la soudaine tristesse de sa grand-mère.

Une rangée de buissons de houx sombres et massifs dérobaient le cimetière à la vue, ne laissant à découvert que quelques pans de mur de brique. Ce mur ressemblait à n'importe quel autre et l'on n'aurait jamais deviné ce qu'il dissimulait. Ellen se surprit à s'interroger sur ce qui était arrivé à Andy autrefois. Quel incident avait donc pu troubler et effrayer à ce point un garçon comme lui ?

Chapitre 2

Le lendemain, elle se sentait mieux. Elle avait même de l'appétit. Sa grand-mère lui apporta son petit déjeuner au lit et elle mangea tout, même l'œuf à la coque, qui n'était pourtant pas ce qu'elle préférait. Il en allait ainsi de cette mystérieuse maladie : elle s'estompait aussi rapidement qu'elle surgissait.

Quelque chose n'allait pas chez elle, mais personne n'avait pu découvrir quoi au juste. Quelque chose dans son sang, c'était tout ce qu'on savait ou, du moins, tout ce qu'on lui disait. En un an, depuis le début de sa maladie, l'attitude des médecins avait changé. Leurs proclamations joviales du style : « Nous allons vous remettre sur pied en deux temps trois mouvements, ma petite demoiselle » étaient devenues de plus en plus rares et leurs sourires rassurants avaient cédé la place à des hochements de tête perplexes. Maintenant, ils parlaient seulement entre eux ou avec ses parents, et toujours hors de portée de ses oreilles, dans le couloir ou dans le bureau de l'infirmière en chef. Son dossier médical avait été confié à l'un des grands hôpitaux universitaires de Londres. Sa mère était repartie en la laissant chez sa grand-mère, qui habitait plus près des spécialistes et de leurs services. Ellen n'avait qu'à attendre qu'ils la convoquent pour une nouvelle série d'examens.

– Je sors, ma chérie. Veux-tu que je t'achète quelque chose ?

Sa grand-mère venait d'entrer dans sa chambre, habillée de pied en cap pour affronter les intempéries. Les tons violet et vert de son manteau de tweed étaient assortis à ceux de son chapeau à bord mou ; une écharpe en angora mauve fixée par une broche en améthyste complétait l'ensemble.

– *Mizz* ou *Just Seventeen*, répondit Ellen de son lit. Ce sont des magazines, précisa-t-elle.

– Je sais, figure-toi ! Je ne vis pas dans une faille spatio-temporelle, riposta sa grand-mère. Je me doute bien que les marchands de journaux ont d'autres articles en stock que *Woman's Journal* et *Homes and Gardens* !

Ellen sourit. Elle appréciait le sens de la repartie de sa grand-mère.

– Bon, je me sauve, dit Edith Baxter en passant des gants fourrés. Tu n'es pas obligée de rester toute la journée assise à gémir sur toi-même. En plus de la télévision, il y a des tas de bouquins. Et si tu as besoin de quoi que ce soit, Annie est en bas. À plus tard.

Ellen s'habilla, puis resta un instant assise sur son lit en se demandant ce qu'elle allait faire. Annie chantait au rez-de-chaussée, mais Ellen n'avait pas envie de descendre pour s'entretenir poliment avec elle. La femme de ménage, qui savait pourquoi elle était ici, allait probablement la regarder en hochant la tête et lui poser des questions. En sortant de sa chambre, elle prit donc la direction opposée et gravit la volée de marches menant au grenier.

Bien sûr, elle y était déjà montée, avec Andy. Sa sœur Karen n'allait jamais là-haut. Elle était plus jeune qu'Ellen et peureuse. Un jour, ils avaient inventé une histoire de fantôme pour qu'elle arrête de les suivre, une histoire de corps sans tête dans un coffre et de « présences ». Karen était si terrifiée qu'elle ne voulait même plus dormir au-dessous du grenier et avait insisté pour qu'Ellen et elle échangent leurs lits. Ellen sourit en y pensant. Karen la mettait parfois hors d'elle, mais soudain sa sœur lui manqua.

Les avant-toits du grenier formaient comme un V renversé, mais il y avait de vraies pièces et non un simple réduit comme celui auquel on accédait par une trappe au plafond chez elle. Dans ces pièces était entassé tout un bric-à-brac, mais il restait néanmoins largement assez d'espace pour circuler. Ellen regarda autour d'elle en luttant contre le sentiment de déception qui l'envahissait. Autrefois, elle avait toujours hâte de monter au grenier pour l'explorer et découvrir ses secrets. Maintenant, tout lui apparaissait exactement tel qu'il était, à savoir un fatras venant des quatre coins de la maison et qu'on avait relégué là : chaises bancales, canapé en cuir dont le crin s'échappait, affaires de son grand-père, filets de pêche et battes de cricket, vieilles raquettes de tennis aux cordes cassées empilées dans les coins. C'était comme l'ancien dressing dans lequel Andy et elle étaient entrés un jour en espérant découvrir l'accès à un monde magique ; ils n'y avaient trouvé que quelques vieux manteaux de sport pelucheux qui se balançaient devant un fond en épais contreplaqué.

Ils avaient pratiquement démantibulé un vieux bureau à la recherche de compartiments secrets et de ressorts cachés, mais il ne contenait que des vieilles factures et des crayons cassés.

Ellen s'assit dans un fauteuil affaissé et posa les pieds sur la grande boîte qui était en face d'elle. En réalité, ce n'était pas une boîte, mais un coffre métallique peint en vert, aux charnières de cuir. Elle se pencha en avant pour l'examiner de plus près. Elle ne se souvenait pas de l'avoir vu la dernière fois qu'elle était montée au grenier : quelqu'un avait dû déplacer des affaires. Ce coffre n'était pas assez grand pour contenir un corps, ou seulement un de très petite taille. Il était passablement usé, sa peinture vert pâle était éraflée et son couvercle cabossé. On lisait sur son flanc en lettres qui avaient autrefois été dorées : E.L.M.

Fermé par un solide cadenas en fer et en cuivre, il ne manquait pas d'allure. Il n'avait pas de clef, mais pourquoi en aurait-il eu ? Ellen actionna le fermoir. Il était couvert de rouille, mais peu importait, car le couvercle était disjoint. Le cuir des charnières était presque entièrement pourri et il semblait que des souris l'avaient rongé. Ellen trouva dans le tiroir du bureau un vieux canif cassé à l'aide duquel elle scia les sangles pour ouvrir le coffre.

Comme le bureau, elle le crut d'abord seulement rempli d'un fouillis décevant de vieux papiers mais, à l'examen, les documents en question se révélèrent plus intéressants. Elle découvrit des photographies et des coupures de presse au milieu de ce qui ressemblait à des lettres, puis autre chose encore. Elle repoussa les feuilles de côté.

Un livre émergea, un deuxième en dessous de lui, et d'autres encore, qui formaient comme les marches d'un escalier descendant jusqu'au fond du coffre. Ellen en saisit un et en examina la couverture. À peu près de la taille d'un cahier d'exercices, il avait une reliure bleu foncé, une tranche en cuir et des coins renforcés. Le titre JOURNAL INTIME était imprimé en lettres dorées sur la couverture et les pages étaient bordées de minces frises ondulées aux couleurs de l'arc-en-ciel. Ellen, qui n'avait jamais tenu de journal intime plus de quelques jours, sentit soudain l'attraction qu'exerçait ce livre sur elle, le désir de le posséder pour couvrir ses pages de mots n'appartenant qu'à elle-même.

Elle l'ouvrit avec précaution de crainte de l'abîmer, consciente de son ancienneté, de la fragilité de sa tranche qui craquait, et lut sur la page de garde :

Ce livre appartient à
Ellen Laidlaw
1878
Pour le protéger des regards trop curieux
Malheur à celui qui y jettera les yeux

Un carré de papier blanc était collé sur l'intérieur marbré de la couverture. Les vers étaient illustrés d'un petit diable à l'encre rouge horriblement grimaçant, armé d'une fourche et auréolé de flammes. L'écriture déliée, petite et d'une précision surprenante, penchait vers la droite, et ses boucles dépassaient au-dessus et en dessous des lignes. Elle datait de plus d'un siècle, mais ses lettres tracées à l'encre de Chine étaient aussi nettes et noires qu'au premier jour.

Ellen contemplait la page, le cœur battant. Pour une découverte, c'était une découverte. Peut-être ce journal recelait-il des secrets. L'auteur, Ellen Laidlaw, se révéla être Ellen Laidlaw-Macmillan. C'était un personnage célèbre, et l'arrière-arrière-grand-mère d'Ellen. Elle connaissait bien l'histoire de cette aïeule. C'était une pionnière, l'une des premières femmes médecins. On avait donné son nom à son arrière-arrière-petite-fille. Elle avait même fait un exposé sur elle. En 1878, l'année où elle avait tenu ce journal, elle devait être très jeune, à peu près de l'âge d'Ellen.

Un bruit lui fit lever les yeux. C'était seulement la pluie qui frappait les carreaux. Elle reposa néanmoins le livre et alla jeter un coup d'œil par la fenêtre. Le temps était exécrable et il n'y avait pas un chat dehors. Soudain, elle aperçut un homme qui descendait la rue en longeant le haut mur du cimetière. Il portait un long manteau noir au col relevé pour se protéger du vent. Il détournait la tête et un chapeau à large bord dissimulait son visage. Lorsqu'il arriva à la hauteur du portail envahi de végétation, il s'arrêta et jeta un regard à travers la grille. Sa main gantée se tendit, saisit l'énorme chaîne rouillée, tira sur le cadenas qui y pendait, et puis il fit demi-tour.

Son visage d'une blancheur de craie sous le feutre noir se leva vers elle et ses yeux plongèrent dans les siens. Il ne pouvait pas la voir, car il était à trente mètres d'elle au moins, et elle au troisième étage de la maison. Pourtant, Ellen sentit nettement leurs regards se croiser. Elle avait l'impression que les yeux de cet homme cherchaient les siens en s'ajustant avec une précision croissante, comme de puissantes jumelles. Alors qu'elle le dévisageait, la pluie se mua en grêle.

Elle plongea instinctivement pour échapper à la vue de cet homme et resta accroupie tandis que de petites billes de glace criblaient la vitre au-dessus d'elle. Le bruit qu'elles faisaient rappelait le crépitement de graviers contre une fenêtre ou le crissement d'ongles.

Un instant plus tard, tout en se reprochant sa stupidité, elle se releva et s'approcha de la fenêtre, mais l'homme avait disparu. Il ne restait plus trace de sa présence. Elle scruta la longue rue courbe. Il s'était comme volatilisé.

Chapitre 3

Ellen redescendit en emportant plusieurs volumes du journal, mais sa grand-mère arriva juste au moment où elle ouvrait le premier. Elle ne put se retirer dans sa chambre que beaucoup plus tard ce soir-là pour en entamer la lecture.

Il débutait ainsi :

13 janvier 1878

Je n'ai encore jamais tenu de journal, alors pourquoi commencer maintenant ? Pourquoi avoir attendu jusqu'à mes seize ans ? Et pourquoi ce jour-là plutôt qu'un autre ? Certaines des filles à l'école tiennent un journal, mais je ne le fais pas pour les imiter et je ne commence pas le mien au premier jour de l'année, en écrivant : « Cher Journal… » Voilà tout ce que je peux dire : aujourd'hui, avant de rentrer à la maison, je suis allée faire des courses à la papeterie pour le nouveau trimestre, mais, au lieu de prendre des plumes, des crayons, etc., je me suis rendu compte que je tendais la main vers un gros cahier relié qui avait belle allure. Avant même que le vendeur ne l'ait emballé, j'avais décidé de tenir un journal.

Je noterai tout ce qui m'arrive au jour le jour. Ce journal sera mon compagnon, comme une autre personne de mon âge à laquelle je pourrai me confier. Je parle rarement avec les autres filles à l'école. Je n'ai pas d'amies. Se lier d'amitié pour voir ensuite ses amis se détourner peu à peu de vous, comme dans la dernière ville où nous avons habité, est vraiment cruel. Papa a déclaré que ces gens n'étaient que des provinciaux remplis de préjugés et incapables de comprendre l'importance de son travail. À Londres, ce serait différent, a-t-il dit. C'est possible, mais moi, je n'ai pas le courage de tenter de nouveau ma chance.

Je n'ose même pas dire aux autres où j'habite. En sortant de l'école, elles vont vers le nord ou l'ouest, tandis que je pars vers le sud-est. Le travail de papa nous contraint à vivre dans l'un des quartiers les plus pauvres de la capitale. Il est médecin, docteur Anthony Laidlaw, spécialiste en maladies du cerveau et du sang, et une autorité dans ce domaine. Il estime que les soins médicaux devraient être accessibles à tous, riches ou pauvres. Il faut toujours qu'il soit là où l'on a le plus besoin d'un médecin. Il considère cela comme son devoir. Je sais que les filles de l'école n'y comprendraient rien. Je les ai vues pâlir et froncer le nez de dégoût rien qu'en entendant le nom du quartier où nous habitons. Quant à notre maison, je les ai entendues s'inviter à prendre le thé chez les unes et les autres, mais je sais bien que, chez moi, ce serait impossible. Nous habitons dans un hôpital, dont la fondation remonte aux Tudor, mais dont certaines parties sont bien plus anciennes. Dans certains couloirs, où les patients les plus misérables de mon père bredouillent ou hurlent de détresse, les murs de brique cèdent la place à de la pierre et débouchent dans des salles plus semblables à des chapelles ou des cryptes qu'à un lieu où l'on soigne les malades. Tout l'édifice était abandonné et à moitié en ruine quand mon père l'a racheté. Le seul nom de ce lieu remplissait les habitants de terreur superstitieuse, mais il y a mis bon ordre ! Maintenant, cet hôpital peut se comparer à n'importe quel autre du pays.

Nos appartements, qui ont été rénovés, sont assez agréables, mais je ne pourrais jamais y amener de camarades, même si leurs parents le leur permettaient. Les hauts murs sont couverts d'éclats de verre et les bâtiments sinistres même en plein soleil.

Tom vient d'entrer pour me dire que papa me demande de me changer et de descendre au salon. Nous avons des invités. Voilà qui est étrange. Nous recevons rarement et, en général, papa me prévient à l'avance. Comme maman n'est plus là, je suis censée prendre sa place quand nous avons des invités.

J'ai demandé à Tom qui étaient ces gens, mais il n'en a pas la moindre idée.

– Des étrangers, a-t-il répondu avec un haussement d'épaules et un sourire. Mrs. Dover va monter dans un instant, alors tu ferais mieux d'arrêter tes gribouillages et de t'extirper de ce tablier tout taché d'encre.

J'aime bien Tom. Nous nous entendons très bien, même s'il me taquine sans arrêt. Tom Macmillan est l'assistant de mon père. Il n'est pas médecin – pas encore. Il est grand, avec des cheveux blonds bouclés. Son visage ? Plus plaisant que vraiment beau, mais je le trouve à mon goût. Il a des yeux bleus – ou peut-être gris ? Je dois faire plus attention à ce genre de détails si je veux tenir un journal. Quand il me sourit, il me semble qu'ils sont bleus. Ils sont gentils, amusés et tout plissés de gaieté. Tom est mon ami, et peut-être un peu plus.

Certaines des filles de l'école parlent en chuchotant et en gloussant des jeunes gens qu'elles rencontrent au bal ou à des soirées. Elles semblent toutes avoir des cohortes d'admirateurs. Je ne suis pas en mesure de participer à ces conversations. Tom est le seul jeune homme que je connaisse, mais je ne l'échangerais pas contre n'importe lequel de leurs Edward, William et Henry. Ils me paraissent superficiels, stupides, incapables de parler d'autre chose que de fadaises. Tom et moi avons de longues conversations animées sur toutes sortes de sujets. Nous ne sommes pas toujours d'accord, mais cela ne fait qu'ajouter du piment à la chose, comme dirait notre cuisinière. Nous passons ensemble le plus de temps possible, mais Tom est très occupé, entre les heures qu'il passe ici et sa formation à l'hôpital de Londres.

Pour le reste, je ne rêvasse pas comme le font les filles de l'école et si c'est de l'amour que je ressens pour lui, cela ne ressemble en rien aux descriptions qu'elles en font. Je sais simplement qu'il m'est cher et j'ai toujours hâte de le revoir. Quand on se rencontre sur le chemin de la maison, je fais à peine attention au trajet. Quand il n'est pas là, ce trajet me paraît long et ennuyeux. Je ne suis pas encore sûre de ses sentiments pour moi. Éloquent sur bien des sujets, il se montre très réservé pour ce genre de choses. Une fois ou deux, il a paru sur le point de parler, mais il a alors comme perdu sa langue. Il me semble que ce n'est pas à moi de parler en premier. Peut-être ai-je tort, mais je ne le crois pas. Avant-hier soir, en rentrant à la maison, il a pris ma main et je la lui ai laissée. Les filles de l'école trouveraient certainement un tel geste bien timide, mais à cet instant, mon cœur battait plus vite que le rythme de nos pas sur le trottoir. Je me moque de ce qu'elles peuvent penser. Je dois apprendre à me fier à mes émotions, et non à leur jugement.

J'entends Mrs. Dover, notre intendante, s'approcher de ma

chambre. Je ne veux pas qu'elle sache que je tiens un journal. Elle serait tout à fait capable de le lire, et je rougis à l'idée qu'elle puisse voir ce que je viens d'écrire. Mais à présent, il est temps de reposer mon stylo, de prendre ma brosse à cheveux et de me préparer pour ce soir. Je me demande qui peuvent bien être ces invités. Certainement des gens importants, si on a envoyé Mrs. Dover pour m'aider.

14 janvier 1878

Il est plus de minuit, mais je ne dors toujours pas. Je vais écrire en attendant le sommeil. J'y verrai suffisamment en m'installant devant la fenêtre.

J'ai reposé mon stylo juste avant que Mrs. Dover n'entre dans ma chambre. Elle veille sur moi depuis ma plus petite enfance et je l'aime tendrement, mais elle est versatile. Chez elle, l'affection peut tourner à la désapprobation glaciale en un clin d'œil. Tout ce qui est imprévu la retourne, si bien que ce soir-là elle avait les nerfs à fleur de peau. Elle a sorti toutes mes robes de l'armoire et m'a forcée à en passer une que j'ai en horreur. Trop décolletée, rose foncé et froufroutante, elle ne me va pas du tout. Ensuite, elle s'est férocement attaquée à mes cheveux.

Quand elle a eu terminé, elle s'est un peu radoucie. Elle m'a alors priée de sortir les bijoux de maman. Ils m'appartiennent désormais, mais je les porte rarement. Mrs. Dover a choisi un collier de grenats rouge sang et d'opales laiteuses et, après m'avoir ôté ma croix en argent toute simple, elle l'a agrafé à mon cou. Puis elle m'a fait pivoter pour me placer face au miroir et elle a déclaré :

– Ça ira.

Dans sa bouche, c'est un éloge.

– Ne restez pas plantée là à vous admirer, petite vaniteuse ! a-t-elle lancé en sortant de la chambre.

Cela m'a paru injuste, car je prête rarement attention à mon apparence, mais ce soir-là, je dois avouer que je me suis attardée devant le miroir pour examiner mon reflet. Dans la lueur douce de la lampe, mes cheveux brillaient comme de l'or filé grâce au vigoureux brossage de Dover. Ils étaient relevés, dégageant mon visage. Cette coiffure, les grenats et la robe décolletée me faisaient paraître plus âgée, comme une autre personne. Mes yeux se sont tournés vers le mur et le portrait placé au chevet de mon lit. Mon cœur a un instant cessé de battre. On me l'avait souvent dit, mais jusqu'ici je ne l'avais jamais cru : je suis le portrait de ma mère !

J'ai de nouveau regardé le miroir, troublée par la différence que j'y découvrais – et par la ressemblance. Mes joues étaient plus roses et la couleur de mes yeux avait changé : leur éternel gris terne et austère avait une teinte plus sombre, fumée, presque mauve.

Ellen interrompit sa lecture et se leva. Après avoir orienté la lampe de chevet pour obtenir un meilleur éclairage, elle se dirigea vers la coiffeuse. Ses cheveux étaient bruns comme ceux de son père et pas précisément brillants, mais au contraire, ternes, broussailleux, fourchus et cassants aux extrémités. En revanche, pour ce qui était du gris austère… Ellen examina ses propres yeux et en conclut que c'était une excellente description. Elle retourna près du lit. Le coffre contenait des photographies ; peut-être y en avait-il une de son aïeule, datant de la rédaction de son journal. Soudain, cette autre Ellen l'intrigua plus que jamais. Elle reprit le journal. Elle l'avait laissée debout dans l'entrée de sa maison. Elle avait juste le temps de lire encore quelques pages avant de dormir.

Immobile devant les grandes portes en acajou du salon, j'avais l'impression que ma toute nouvelle confiance en moi m'abandonnait d'un seul coup. Si Dover n'avait pas surgi derrière moi et ne m'avait pas poussée, je me serais enfuie.

– Eh bien, entrez donc ! a-t-elle sifflé. Ne restez pas plantée là à bayer aux corneilles !

Dans le salon, papa s'entretenait avec une femme près de la cheminée. Ils riaient et buvaient du vin dans des verres taillés étincelants comme des joyaux à la lumière du feu. À mon entrée, papa s'est tourné avec un sourire. Il était très beau en habit de soirée ; ses cheveux noirs et bouclés commencent à peine à blanchir, tandis que sa moustache et sa barbiche en pointe sont toujours du même noir. La dame m'a également souri, puis elle est venue à ma rencontre dans un grand bruissement de satin noir. C'était une grande et belle femme à la robe très décolletée et à la peau claire et unie, couverte de bijoux, des diamants et de gros saphirs taillés assortis à l'étrange couleur de ses yeux. Ils n'étaient pas noirs comme je l'avais cru d'abord, mais d'un bleu sombre et opaque. Ses cheveux coiffés avec art avaient le lustre verdâtre de l'aile de corbeau.

Sa voix était chaude et grave, et, bien que son anglais fût excellent, son accent lui donnait une note exotique.

– Mon cher Anton, est-ce votre fille ? Vous ne m'aviez pas dit qu'elle était aussi belle ! Venez, ma chère petite, venez plus près de moi afin que je puisse mieux vous voir. (Saisissant mon poignet dans une solide étreinte, elle m'a attirée en pleine lumière.) Oui, vraiment ! C'est tout son portrait ! C'est Isobel !

Alors qu'elle prononçait ces mots, ses doigts plutôt épais et chargés de bagues me caressaient la joue, depuis mon oreille jusqu'à la pointe de mon menton. Sa peau était glacée. Ce contact, ou peut-être la mention de ma mère, m'a fait instinctivement reculer. Elle a heureusement pris cette réaction pour de la pudeur :

– Que vous êtes timides, vous autres Anglais ! Pourquoi êtes-vous donc si terrifiée par mes compliments, ma chère petite ? Quelle pureté ! Quelle beauté !

Sur ces mots, elle m'a pincé la joue, ce qui a été pour moi une sensation aussi déplaisante que la précédente. Ses yeux avaient une expression avide, ardente, presque effrayante. J'étais désemparée. Heureusement, papa est venu à mon secours.

– Elizabetta ! s'est-il exclamé. Vous lui faites une peur bleue ! Laissez cette pauvre petite fille tranquille ! Viens ici, ma chérie, afin que je puisse te présenter comme il se doit. (Je l'ai rejoint, soulagée de sentir son bras protecteur autour de mes épaules.) Ellen, je te présente la comtesse Elizabeth Vardalek et son cousin le comte Fransz Szekelys, de très vieux et très chers amis…

En entendant ce dernier nom, je me suis retournée, car je n'avais jusqu'ici vu dans le salon que mon père et cette femme. Un jeune homme se tenait presque allongé sur le canapé.

– Pardonnez-moi de ne pas me lever… a-t-il dit, laissant le reste de la phrase en suspens.

Il était très pâle, d'une pâleur presque translucide. On voyait le dessin des veines sous sa peau. Tout en m'approchant pour le saluer, je me suis demandé si c'était là l'origine du terme de « sang bleu » désignant l'aristocratie. Ses cheveux noirs épais étaient coiffés en arrière. De plus près, j'ai constaté qu'ils étaient d'un acajou très sombre. Son visage aux hautes pommettes et aux traits fins avait un raffinement oriental. Ses lèvres pleines et son menton bien modelé lui prêtaient une beauté presque féminine.

Alors que je m'apprêtais à lui serrer la main, il a pris la mienne et l'a portée à ses lèvres. Elles étaient chaudes, mais ses mains étaient aussi froides que celles de sa cousine. Il avait des doigts longs et osseux, des ongles longs pour ceux d'un homme, et acérés : l'un d'eux a égratigné ma paume. Il a levé les yeux, regardé droit dans les miens et souri. Les siens étaient d'une nuance tout à fait étrange, un vert sombre semé de points dorés, bruns et rouges qui semblaient rayonner de la pupille. Je me suis surprise à soutenir son regard, à m'interroger sur ces couleurs et ces motifs, consciente de le dévisager mais incapable de détourner les yeux, jusqu'au moment où j'ai eu la sensation que la pièce où nous nous tenions reculait dans le lointain. Il a retourné ma main et en a effleuré l'intérieur de ses lèvres.

– Nos usages diffèrent des vôtres, a-t-il dit, et son sourire s'est élargi, découvrant d'étranges dents blanches et aiguës, tandis que sa voix à l'accent prononcé semblait presque ronronner à mon oreille. Mais moi aussi, je vous gêne, a-t-il repris. Pardonnez-moi.

À mon grand soulagement, notre servante Marie est venue annoncer que le dîner était servi.

Le comte a mangé peu et encore moins bu. Comme pour compenser ce manque d'appétit, la comtesse a mangé et bu pour deux. Il semble que mon père et elle soient de vieilles connaissances, bien qu'il n'ait jusqu'ici jamais prononcé son nom devant moi. Ils se sont rencontrés aux eaux de Baden-Baden, en Allemagne. C'est sans doute là-bas qu'elle a fait la connaissance de ma mère. Mes parents y ont vécu quelque temps avant ma naissance. Il exerçait comme médecin et elle faisait une cure.

– Votre père est le plus extraordinaire des médecins, ma chère enfant, a déclaré la comtesse. Et votre mère ! Comme elle était belle ! s'est-elle exclamée, levant ses bras robustes en un geste d'affliction. Et si jeune ! (Elle a secoué la tête, ce qui a fait tinter ses diamants.) Quel malheur, quel grand malheur ! Pauvre Anton !

Elle dévisageait mon père de ses grands yeux. Je n'aimais pas la manière qu'elle avait de l'appeler par son prénom et de le regarder. Ses allusions à une époque que je n'avais pas connue, à des relations qui m'étaient étrangères et au fait que le comte et elle-même avaient été mêlés à une partie de la vie de mon père que je ne pouvais même pas imaginer, tout me troublait et m'inspirait un sentiment de malaise. J'ai de nouveau été soulagée quand le dîner a pris fin et que j'ai pu me retirer.

J'ai souhaité bonne nuit à tout le monde en supposant que les invités repartiraient ensemble, mais quand j'ai ouvert les rideaux, juste avant d'écrire ces lignes, j'ai vu la comtesse monter seule en voiture. Le comte passait donc probablement la nuit chez nous. Un instant plus tôt, je m'étais glissée dans le couloir pour épier. J'ai entendu des voix d'hommes dans le bureau de papa et senti une odeur de cigare, lointaine mais nette.

Je dois maintenant m'arrêter. La rédaction de ces lignes m'a épuisée et je viens de découvrir sur ma main une minuscule égratignure qui commence à saigner, tachant la page sur laquelle j'écris. Je n'ai aucune idée de sa provenance. On dirait l'entaille laissée par un rasoir, ou par l'arête d'une feuille de papier, nette mais douloureuse. Mais je ne veux pas déranger papa pour un bobo aussi insignifiant. Je le soignerai demain.

– Ellen, ma chérie, je crois qu'il est temps d'éteindre.

– Oui, répondit Ellen en reposant le journal, tout de suite. Bonne nuit, mamie.

– Bonne nuit.

Elle cacha le journal sous son lit, où la place ne manquait pas. Elle ne pouvait pas passer son temps dans l'escalier du grenier. Elle en descendrait le coffre dès le lendemain.

Chapitre 4

Le coffre était plus lourd qu'Ellen ne l'avait cru, ou elle-même était plus faible. Elle se laissa tomber sur le vieux canapé du grenier, les bras tremblants et le visage couvert de sueur. Le coffre était toujours là-haut. Son intuition lui avait soufflé de ne pas révéler sa découverte à sa grand-mère. Comment allait-elle pouvoir le descendre à l'étage inférieur ? Elle était de ceux qui désirent d'autant plus quelque chose qu'ils ne peuvent l'obtenir. Elle enrageait.

– Ellen, il y a de la visite pour toi ! Ellen, où es-tu ?

La voix d'abord lointaine de sa grand-mère se rapprocha à mesure qu'elle montait l'escalier. Ellen se leva et se dirigea vers la petite porte.

– Je suis en haut, répondit-elle. Je descends tout de suite.

Un visiteur. Pour elle. Qui diable était-ce ? Elle baissa les yeux sur ses vieux jeans et son sweat-shirt usé. Ses cheveux devaient avoir encore plus triste allure que la veille au soir. Elle espéra que ce n'était pas quelqu'un d'important.

– Je vous laisse, dit sa grand-mère en se retirant avec tact.

C'était une journée glaciale, et le manteau d'Andy gardait le froid pénétrant de la rue. Il était tout différent du garçon qu'elle avait vu pour la dernière fois il y avait des années. Pour commencer, il avait grandi d'au moins soixante centimètres et, quand il la salua, sa voix était beaucoup plus grave qu'autrefois. Son visage avait également changé, perdu sa rondeur et sa fraîcheur de teint. Ses traits étaient marqués et le resteraient pendant toute sa vie d'adulte. Il avait un nez plutôt large, des pommettes hautes et une mâchoire forte. Les coins de sa bouche se relevaient comme autrefois, mais à présent l'effet en était plus séduisant qu'impertinent. Ses cheveux étaient coiffés dans un style identifiable, au lieu de donner l'impression que sa mère les avait taillés à la diable avec des ciseaux de cuisine. Ils étaient toujours du même châtain foncé, mais lustrés, probablement tout propres, et retombaient sur des yeux bleus aussi nonchalants et malicieux qu'à leur première rencontre.

– Tu as changé, lui dit-elle sur un ton presque accusateur.

– Toi aussi, répliqua-t-il. C'est ce qu'on appelle la puberté.

Il conserva son sourire en s'efforçant de dissimuler sa stupeur. La grand-mère d'Ellen l'avait pourtant prévenu, mais il était effaré de sa maigreur. Ses yeux gris cernés de noir paraissaient immenses dans un visage tout en plans et en angles. Sa chevelure autrefois soyeuse était plus longue, terne et peu fournie, tombant sur ses épaules. Sa main était frêle et froide ; lorsqu'il la prit doucement, il eut l'impression d'en sentir chaque os.

– Comment vas-tu ? demanda-t-il.

– Bien.

– Tu as bonne mine !

– Non, j'ai une tête de…

– Bon, d'accord, répondit-il en riant, je t'ai vue plus en forme. Ta grand-mère m'a dit… ta maladie… on ne sait pas ce que c'est au juste ?

– Non, et je n'ai pas envie d'en parler.

Elle ferma les yeux. Des réseaux de veines bleues se dessinaient sur ses paupières.

– Très bien. Alors de quoi parlerons-nous ?

Elle rouvrit les yeux.

– Je vais te le dire. Tu te souviens du grenier ? On l'a souvent exploré quand on était enfants.

Il acquiesça.

– Tu peux me rendre un service ?

– Où veux-tu que je le dépose ?

Il avait soulevé le coffre comme s'il ne pesait pas plus lourd qu'une plume et il se tenait sur le seuil de sa chambre, ses grandes mains agrippant les deux côtés du coffre qu'il serrait contre sa poitrine.

– Par ici, sous le lit.

Il posa le coffre à terre et le poussa dans sa nouvelle cachette.

– Bon, et maintenant, tu veux bien me dire ce qu'il y a dedans ? demanda-t-il en s'époussetant les mains.

Elle haussa les épaules.

– Seulement des vieilles affaires de famille. Je me suis dit que je pourrais les examiner de plus près. Il n'y a pas grand-chose d'autre à faire ici.

– Bon, d'accord. Écoute, je peux venir quand tu veux pour te tenir compagnie…

– Ce n'est vraiment pas la peine, répondit-elle. (Elle s'efforçait de ne pas laisser transparaître son amertume, sans y parvenir tout à fait.) Je suis sûre que tu as plus intéressant à faire que de visiter des malades.

– Franchement, non. Je pourrai par exemple pousser ton fauteuil roulant si tu veux faire un tour dans le parc. Il suffit de me le demander.

– Je n'en suis pas encore là, répliqua Ellen, qui ne put s'empêcher de rire.

– J'aime mieux ça, fit-il avec un sourire. Sérieusement, ça me ferait plaisir de passer te voir quand tu voudras. Mais maintenant, reprit-il en consultant sa montre, il faut que je file, sinon je vais être en retard.

– Où ?

– Au lycée. C'est de l'autre côté du cimetière. Je peux repasser plus tard dans la journée ?

– Oui, si tu veux.

– À tout à l'heure, alors.

Elle le regarda par la fenêtre dévaler la rue et se rendit compte avec étonnement qu'elle avait envie qu'il revienne, très envie, même.

Prendre un bain, se laver les cheveux, choisir des vêtements convenables parmi ceux que sa mère avait emballés pour elle l'aidèrent à passer le reste de la journée. Elle alla même s'asseoir devant la coiffeuse pour se maquiller. Il y avait bien longtemps qu'elle ne l'avait plus fait et cela lui remonta le moral.

– Tu es très jolie, ma chérie, déclara sa grand-mère, qui venait d'entrer dans la chambre. Andrew vient de téléphoner. Il ne pourra malheureusement pas revenir te voir aujourd'hui, car il a trop de travail. Il essaiera de venir un autre jour.

– Ça ne fait rien, je suis un peu fatiguée, de toute façon, répondit Ellen sans se retourner.

– Repose-toi un peu, je t'appellerai quand le dîner sera prêt.

Ellen s'allongea sur son lit et passa la main en dessous pour saisir le journal.

15 janvier 1878

Il est midi et demi. J'écris ces lignes à l'école pendant la pause du déjeuner. Les autres filles sont sorties pour jouer ou déambuler dans la cour en petits groupes. Je suis aujourd'hui de service à la bibliothèque, qui est déserte, ce qui me convient parfaitement. Personne ne m'invite à le rejoindre et je n'ai besoin d'aucune compagnie.

Le comte séjourne bel et bien chez nous. Quand je suis descendue ce matin pour prendre le petit déjeuner, la cuisinière récriminait à cause de cela. Comme papa n'était pas là, j'ai pris mon petit déjeuner à la cuisine. Du porridge. C'est censé être bon pour moi, mais j'ai horreur de ça.

– Il ne voudra jamais en manger, a décrété la cuisinière. Il prend seulement des toasts, et sans beurre. Ces étrangers !

Marie et Mrs. Dover l'ont approuvée de la tête. Elles partagent la méfiance de la cuisinière vis-à-vis de toute personne venant de plus loin que l'est de Greenwich.

Les repas du comte doivent être préparés par notre cuisinière, et non par celle de l'hôpital, ce dont elle n'est pas précisément ravie.

– Vous avez vu son serviteur ? a-t-elle poursuivi. C'est un vrai géant. Il a réclamé un steak aussi gros que ma tête. Et c'est à peine si la viande a touché la poêle. Il la voulait saignante.

Marie a frissonné de dégoût comme la cuisinière, mais elle s'est vite replongée dans la Gazette policière.

– Vous avez vu ça ? a-t-elle demandé.

– Quoi donc, ma chère ?

La cuisinière a regardé par-dessus son épaule et elles se sont lancées dans une discussion sur un meurtre particulièrement atroce. J'aurais bien voulu y jeter un coup d'œil moi aussi, mais Mrs. Dover a froncé le nez et m'a envoyée à l'école. Marie lui a dit qu'elle lisait ce journal seulement pour s'amuser, mais Mrs. Dover n'aime guère la Gazette policière, *qu'elle considère comme une mauvaise lecture. Il arrive cependant que Marie l'oublie dans ma chambre…*

Il est cinq heures et demie. Je suis fatiguée et de mauvaise humeur. Tom est rentré à la maison avec moi, mais tout le plaisir que j'avais à être avec lui s'est envolé quand il m'a annoncé que ce serait la dernière fois pour un certain temps. Il s'est porté volontaire pour le service de nuit à l'hôpital. Quand je lui ai demandé pourquoi, il a répondu qu'il devait acquérir de l'expérience pour obtenir son diplôme. Il s'est également engagé à être le tuteur de son ami Caspar, qui travaille là-bas de nuit comme brancardier. Il est hongrois et il étudiait la médecine à Vienne, où ses activités politiques ont attiré l'attention des autorités, si bien qu'il a dû quitter le pays. Il est arrivé en Grande-Bretagne sans un sou et sans connaître un mot de notre langue, mais il espère poursuivre ses études ici. C'est typique de Tom d'aider autrui. Même si je sais bien que je ne me montre pas raisonnable, je ne peux m'empêcher de me sentir négligée. Tom m'a demandé ce qui n'allait pas, mais je n'ai rien répondu et nous avons poursuivi le reste de notre chemin en silence.

Peut-être ne ressent-il rien pour moi, ou seulement l'affection d'un frère pour sa sœur. Peut-être me suis-je fait des illusions. J'ai honte rien que d'y penser.

Je n'avais qu'une envie : qu'on me laisse tranquille, mais papa a insisté pour que je m'habille de nouveau pour le dîner. J'ai répondu que j'étais fatiguée, que j'avais des devoirs à faire, mais il a balayé ces arguments d'un geste de la main. Je dois faire acte de présence et me montrer. Maintenant que nous avons un hôte, chaque dîner doit être convenable et formel.

– Quel hôte ? ai-je demandé.

– Le comte, a-t-il répondu. Il va rester chez nous un certain temps, à titre d'invité et de patient.

Plus tard dans la soirée : le dîner a été fastidieux et je me suis retirée dès que possible.

Papa est passé me voir dans ma chambre il y a juste un instant. Il m'a dit que le comte a demandé si je pouvais lui tenir compagnie.

– Comment ? ai-je demandé.

– En parlant et en jouant aux échecs avec lui, a répondu papa,

qui titubait un peu et sentait le cigare et le cognac. Il a caressé sa barbe et il m'a souri.

– Il veut améliorer son anglais, a-t-il expliqué.

Je n'étais pas d'humeur à jouer un tel rôle. J'ai donc élevé des objections :

– J'ai des devoirs à faire, ai-je déclaré, et je ne tiens pas à passer mes soirées en conversation avec un étranger.

Du reste, il ne serait guère convenable que je reste seule avec lui sans chaperon. Mon refus a irrité papa, dont l'excellente humeur s'est dissipée en un clin d'œil :

– Le comte est un vieil ami pour lequel j'ai une grande affection, a-t-il dit sur un ton sec et froid. Je lui dois beaucoup, ainsi qu'à sa cousine, et il en va de même pour toi. Quand Isobel, ta mère, est tombée gravement malade, je ne savais plus de quel côté me tourner. Seul, avec à peine quelques patients, en pays étranger… (Sa voix s'est brisée.) J'étais désespéré. Je ne sais ce que j'aurais fait sans eux… Ils ont pris soin d'elle, ils ont été généreux au possible, ils nous ont prodigué sans compter argent, temps et assistance, ils n'ont reculé devant rien, mais la situation était désespérée. Tous leurs efforts ont été inutiles. Elle était perdue. (Il s'est tu, il a passé la main sur son visage comme pour effacer ce souvenir, et puis son regard est revenu se poser sur moi.) Mais toi, tu as survécu. Et maintenant, je peux enfin leur rendre leur aide et leur bonté. Autrefois, la maladie dont souffrait le comte pouvait encore être traitée sans trop de difficulté, mais depuis quelques années elle s'est aggravée. Il s'est adressé à moi pour un traitement. Sans rien pouvoir lui promettre, je pense que je peux lui donner quelque espoir, a-t-il dit, et il m'a regardée tandis que ses sourcils formaient une barre sur son front. Il va peut-être mourir. Il se meurt peut-être en ce moment. Lui refuseras-tu

le semblant de distraction que ta compagnie peut lui apporter, à cause de tes devoirs ou faute de chaperon ? Ivan, son serviteur, sera toujours là quoi qu'il arrive, a-t-il ajouté sur un ton dans lequel perçaient le sarcasme et le mépris. Réfléchis à ce que tu viens de me dire, Ellen.

Il m'a laissée à mes réflexions. Je pourrais demander conseil à Tom, mais bien sûr, il n'est pas là. J'ai pourtant l'impression qu'il me déconseillerait de me soumettre et même qu'il me proposerait de prendre ma place.

16 janvier 1878

Il est sept heures et demie du matin. Je ferai ce que papa me demande. Après une nuit de sommeil, mes objections me paraissent mesquines et égoïstes. Du reste, je ne sais combien de temps encore je pourrai supporter la réprobation de papa.

Ellen tourna une page vierge, puis survola une série de griffonnages insignifiants et quelques faux départs. Après un début impressionnant, ce journal ressemblait à celui qu'elle avait tenu pendant un temps. Le premier passage intéressant qu'elle rencontra datait du 6 février, presque un mois plus tard.

6 février 1878

Le comte est toujours chez nous et il est gravement malade. Papa est très inquiet pour lui. Moi aussi, c'est pourquoi je recommence à écrire dans ce journal : j'ai besoin d'un confident.

Je viens de relire les passages précédents. Mes inquiétudes étaient sans fondement. Tenir compagnie au comte n'a pas été l'épreuve que je redoutais. Comme je m'y étais attendue, Tom le désapprouve, mais, une fois encore, il a volontairement renoncé à ma société. Fransz s'est révélé un compagnon très différent de lui, mais néanmoins charmant et fascinant. J'attends maintenant avec impatience les moments que je passe avec lui et je le vois presque tous les jours, ce qui ne rend que plus évidente et plus poignante la dégradation de son état depuis une semaine environ.

Le soir de ma première visite, j'avais le cœur lourd. Son appartement est loin du nôtre, au fin fond de la partie la plus ancienne de l'hôpital. Je marchais aussi lentement que possible, en espérant arriver tard. J'étais surprise qu'on l'ait installé là-bas et non chez nous, puisqu'il est notre invité. Je l'ai dit à papa, il m'a répondu qu'on l'avait fait sur sa demande et il m'a réprimandée parce que je traînais. Il était encore fâché contre moi. Même si j'avais fait ce qu'il m'avait demandé, nos relations étaient encore tendues, et cela me faisait de la peine. Et de savoir où nous nous rendions ne contribuait pas à m'égayer. Je vais rarement dans cette partie de l'hôpital, qui ne rappelle guère les salles spacieuses et les couloirs bien éclairés de la partie la plus luxueuse.

Cet endroit ressemble plus à une prison qu'à un hôpital. On y traite seulement les cas les plus désespérés et les plus difficiles. Les gardiens sont des colosses qui ressemblent davantage à des geôliers qu'à des infirmiers. Les murs sont en brique nue. À une rangée de portemanteaux pendent les camisoles de force qui servent à maîtriser les patients trop agités, et les salles résonnent du tintement de clefs et des claquements des portes en fer qu'on vous ouvre avant de les refermer derrière vous. Si les hurlements qui s'élèvent de certaines cellules sont inquiétants et même effrayants, je trouve encore plus terribles les gémissements pathétiques et les chuchotements filtrant de certaines portes en fer clouté. J'ai beau m'efforcer de paraître indifférente car, après tout, je suis fille de médecin, je me sens toujours mal à l'aise là-bas.

Quand nous sommes arrivés dans les appartements du comte, j'ai été agréablement surprise. La salle aux murs en pierre est de forme octogonale. Comme dans une crypte, le plafond est soutenu par des piliers, dont certains sont sculptés de motifs étranges. D'après ce que papa m'a raconté et ce que pensent les érudits, cette salle aurait été construite par les Templiers pour la pratique de leurs rituels occultes, mais en réalité, personne n'en est certain.

Quel que soit son usage d'origine, cette salle a subi une véritable transformation depuis la dernière fois que je l'ai vue. La comtesse, qui a loué une maison à Highgate pour toute la durée du traitement de son cousin, a dû courir les magasins de Londres pour lui acheter les meubles les plus confortables et les plus somptueux. Des lampes à huile et des chandeliers pallient l'absence d'éclairage naturel, et diffusent une douce lumière dans la salle. Le sol et les murs sont couverts de tapisseries richement ornées, et un lourd rideau en brocart tissé d'or et d'argent délimite la chambre à coucher. Le salon est meublé de fauteuils et de sofas confortables. Un luxueux jeu d'échecs est disposé sur une table magnifiquement sculptée. À notre arrivée, le comte a souri et m'a invitée à m'asseoir en face de lui.

Papa m'a laissée avec lui alors que nous commencions une partie d'échecs. L'échiquier est en marbre, les pions en or rouge et en or blanc sont froids au toucher et incroyablement lourds.

– J'ai lu une description de cet échiquier dans un livre sur les mythes

et les légendes de votre pays, m'a dit le comte. Elle m'a tellement plu que j'ai fait fabriquer une copie de ce jeu à Constantinople.

Nous jouons donc aux échecs. Toutes les soirées se déroulent de manière semblable. Je suis mal à l'aise parce que je ne joue pas très bien. Il est bien meilleur que moi, mais il me laisse gagner… de temps en temps.

– Voulez-vous prendre le thé ? demande-t-il après la troisième ou la quatrième partie.

Son serviteur Ivan apparaît alors, comme surgi du néant. La cuisinière a raison : c'est un géant, mais il est si calme et silencieux qu'il peut rester dans la même pièce que vous pendant toute la soirée sans que vous le remarquiez. Il est vêtu à la mode de son pays, d'habits de paysan, une tunique ample en coton tissé serrée à la taille par une large ceinture de cuir sur des pantalons noirs et des bottes qui lui montent aux genoux. Il prépare du thé dans un samovar et nous le buvons à la manière russe, dans de petits verres et sans lait. Le comte m'apprend à l'aspirer à travers des petits morceaux de sucre. Il m'offre aussi de minuscules gâteaux glacés qui sont délicieux, sans jamais en prendre lui-même.

Pendant que je les mange, il me parle de son pays natal, qui s'étend au-delà de vastes forêts, très loin à l'est, à la frontière de l'Europe et de l'Asie, et de son château là-bas, dans les montagnes, au sommet d'un piton rocheux. Il est si haut que les aigles font leurs nids en contrebas et que le puissant torrent qui coule au fond d'un ravin a, vu de là-haut, l'allure d'un mince ruban d'acier. Il parle ainsi toute la soirée, et je l'écoute en buvant mon thé à petites gorgées. Ce pays me paraît sauvage, romantique et merveilleux…

La première fois, papa est venu me chercher en fin de soirée. Les suivantes, Ivan m'a raccompagnée jusqu'à mon appartement. Je suis toujours surprise quand vient le moment de repartir. Les heures semblent passer comme des minutes.

– Je vous ai encore retenue trop longtemps. J'en suis vraiment désolé, me dit le comte.

Il prend alors ma main et la baise. Je sens toujours une légère piqûre à la paume. Alors il retourne ma main et l'embrasse juste au-dessus du poignet. C'est toujours une sensation étrange, mais je ne la trouve plus désagréable.

J'ai remarqué que, quand il sourit, il découvre rarement ses dents. Je dois dire que j'en suis heureuse, car elles sont de loin ce qu'il a de plus laid. Sans elles, son physique serait presque parfait. Sans être irrégulières, elles sont insolites. Celles de devant sont petites, légèrement incurvées vers l'arrière, acérées et bordées de minuscules dentelures. Les canines sont longues et leur forme bizarre, pointue, presque conique. Elles sont nacrées, semi-translucides, plus de la couleur d'os que de dents. Non, cette comparaison est inexacte. Il faut que j'y réfléchisse encore. C'est au tuyau d'une plume qu'elles ressemblent le plus. Je les ai entrevues ce soir avant que ses lèvres pleines ne les dissimulent. On dirait celles d'une créature d'une autre espèce. J'ai beau m'efforcer de ne pas les regarder, je ne peux m'en empêcher. Elles me font une curieuse impression, comme si quelque chose allait de travers…

– Ellen ! ELLEN ! Le dîner est prêt ! Tu es devenue sourde, ma petite ? Ça fait une heure que je t'appelle !

– Désolée, mamie ! répondit Ellen. J'écoutais mon walkman. J'arrive tout de suite !

Elle reposa à contrecœur le journal sous son lit et se dirigea lentement vers la porte tandis que les phrases qu'elle venait de lire résonnaient encore en elle. Les dents. La crypte. Le château. Le pays au-delà des forêts : c'était la Transylvanie. Elle n'avait pas envie de dîner – tout ce qu'elle voulait, c'était savoir ce qui allait arriver ensuite. Inutile d'être un génie pour le deviner. Il était plus difficile de se prononcer sur la cousine, qui ne correspondait pas tout à fait à ce tableau d'ensemble, mais pour le comte, cela ne faisait aucun doute, c'était même évident depuis le début de ce journal : ce ne pouvait être qu'un vampire !

Chapitre 5

Le salon était un musée familial. La moindre de ses surfaces était couverte de cadres argentés et l'un de ses murs disparaissait sous les photographies. Les représentants de la génération d'Ellen s'alignaient sur le buffet et le piano. La couleur les distinguait des autres photographies en noir et blanc, et, sauf sur les clichés scolaires, ils posaient de manière moins consciente et moins formelle.

Aussi loin que remontaient ses souvenirs, Ellen avait vu ces photos là. Elle ne connaissait pas la plupart des gens photographiés et elle n'y avait jusqu'alors guère prêté attention, sauf quand elle en changeait la disposition de temps à autre, afin de donner à sa sœur et à elle-même la préséance sur leurs cousins. Quant aux clichés plus anciens, elle les avait dédaignés parce que c'étaient des portraits de vieilles personnes, par conséquent sans intérêt pour elle.

À présent, en les regardant de plus près, elle se rendait compte que c'étaient seulement le noir et le blanc éraillés ou le sépia pâli qui leur donnaient cette apparence, car en réalité ces personnes n'étaient pas aussi âgées qu'elle l'avait cru.

– C'est mon frère Anthony, lui dit sa grand-mère en désignant un jeune homme blond d'environ vingt ou vingt et un ans qui se tenait au milieu d'un groupe d'autres jeunes gens. Plissant les yeux dans la lumière aveuglante du soleil, ils riaient comme si l'un d'eux venait de faire une plaisanterie. Ils portaient tous les mêmes vêtements, des shorts kaki et des chemises à manches courtes, et ils étaient allongés sur ou autour d'un énorme tank.

– Il a été tué dans le désert Occidental[1]. Et celui-là, c'est ton arrière-grand-oncle Thomas, ajouta-t-elle en montrant un autre soldat, beau et plein d'assurance, qui posait dans l'uniforme de la Première Guerre mondiale. Il a été tué à Ypres. Et sur cette photo, c'est moi. Je servais alors dans le WREN[2]. C'est là que j'ai rencontré papi. J'étais son chauffeur.

Ellen examina attentivement la jeune femme aux cheveux blonds relevés sous une coiffe pointue. Ses grands yeux regardaient sans ciller sous des sourcils arqués et délicats. Elle ne souriait pas, mais ses lèvres pleines et sa bouche large étaient accentuées par le rouge à lèvres sombre de l'époque et le noir et blanc du cliché. La veste d'uniforme ajustée et la jupe fourreau mettaient en valeur ses longues jambes et sa silhouette mince.

– Tu étais très séduisante ! dit Ellen.

---

1. Allusion aux « combats du désert Occidental » qui ont opposé entre 1915 et 1918 une tribu de Bédouins, les Senoussis, aux Anglais dans le désert Occidental d'Égypte.

2. Women's Royal Naval Service, la section féminine de la marine britannique.

Sa grand-mère éclata de rire :

– Pas la peine d'avoir l'air aussi surprise !

– Je me demandais s'il y avait ici des photos d'Ellen Laidlaw-Macmillan, mon arrière-arrière-grand-mère, reprit Ellen.

– Attends un peu, fit sa grand-mère en fronçant les sourcils et en rajustant ses lunettes. Il devrait y en avoir au moins une… Là-bas, à gauche, dit-elle en la désignant d'un index dévié vers la droite par l'arthrite. Quand je l'ai connue, elle était comme ça.

La femme qu'elle montrait ne souriait pas non plus. Elle paraissait même assez intimidante. Ses cheveux étaient tirés en un épais chignon et elle avait l'air renfrogné, la tête haute et le regard lointain. Sa robe boutonnée jusqu'au cou était taillée dans un tissu noir luisant comme de la soie. L'une de ces montres que portaient autrefois les infirmières était épinglée à son imposante poitrine.

– Je ne parlais pas de cette époque, mais de celle de sa jeunesse, dit Ellen.

Sa grand-mère parcourut des yeux le mur couvert de photographies, sans résultat.

– Il me semble qu'il y en avait, répondit-elle. Il y en avait dans le temps. Je me souviens d'avoir vu des photos d'elle jeune fille. (Elle haussa les épaules.) Dieu sait où elles sont passées. Ma parole, on dirait que tout disparaît dans cette maison ! (Elle posa la main sur le bras d'Ellen.) Va t'asseoir. J'ai de ces petits biscuits aux amandes que tu aimes bien, et ta boisson va refroidir.

Ellen réprima un frisson. Sa grand-mère était une adepte

des boissons lactées, c'était l'un des rares inconvénients qu'il y avait à séjourner chez elle.

– Tu te souviens d'elle ? demanda-t-elle en posant à côté de son fauteuil la grande tasse que sa grand-mère venait de lui tendre.

– Oui, très bien ! Même si j'étais encore bien jeune quand elle est morte, à peine plus âgée que toi, en fait, et si les enfants ne font guère attention aux vieux birbes. (Elle se tut et réfléchit un instant.) Elle était toujours assez imposante, assez distante. On nous traînait ici à nos anniversaires et à Noël, pour prendre le thé avec elle, ce genre de choses. Dans cette pièce même. (Elle promena un regard sur les meubles agréables et confortables, sur le papier mural de Laura Ashley, et sourit.) Ce n'était pas tout à fait comme maintenant. Une servante nous faisait entrer puis nous raccompagnait, et nous devions être sages comme des images. Elle était toujours très occupée, ça, je m'en souviens, entre le cabinet, l'hôpital et ses travaux de recherche... Elle a travaillé pratiquement jusqu'au jour de sa mort. C'était une femme exceptionnelle pour son époque, pour n'importe quelle époque, quelqu'un d'extraordinaire. Bien sûr, en ce temps-là, pour une femme, c'était la croix et la bannière ne serait-ce que pour devenir médecin, sans parler d'être reconnue et renommée comme elle l'était.

– Et son mari ?

– Je le voyais moins souvent qu'elle. Il était rarement là, il allait toujours voir des patients. Il était très grand, avec des yeux pétillants, et il nous donnait des pastilles à la menthe qu'il avait dans la poche de son gilet. Si mes souvenirs sont bons, il est mort avant elle. Ils étaient très proches. Maman disait qu'après sa mort, elle s'est absorbée dans son travail, qui lui servait à la fois de diversion et de substitut.

– Et tu ne sais rien de sa jeunesse ?

– Je crains bien que non. Pourquoi t'intéresses-tu soudain à elle ?

– Nous avons fait au lycée une étude sur les femmes en avance sur leur temps. Je me demandais seulement comment elle était, je veux dire, en tant que personne.

– Maman a donné ses livres et ses écrits à un institut de recherche médicale. Tu trouveras peut-être quelque chose à la bibliothèque. Il y a là-bas une collection consacrée à des personnalités du passé et, ici, ton aïeule était une personnalité. S'il fait beau demain, tu pourrais demander à Andrew de t'y emmener.

– Si je le revois un jour, répliqua Ellen, parlant presque pour elle-même.

– Oh, excuse-moi, ma chérie ! s'exclama sa grand-mère en portant la main à sa bouche. J'ai oublié de te dire qu'il a téléphoné ce matin, pendant que tu te reposais. Ça m'était complètement sorti de la tête. Décidément, je commence à perdre la mémoire ! Je suis vraiment désolée. Il a dit qu'il serait libre demain après-midi et qu'il arriverait vers midi. J'ai répondu que c'était d'accord à condition que tu sois suffisamment en forme. Ça ira ?

– Oui, c'est parfait.

Elle se sentait assez résistante. Elle se sentait même très bien. Elle se renversa dans son fauteuil et sirota son

Horlicks[3]. Cela faisait des années qu'elle n'en avait pas bu et, tout compte fait, ce n'était pas si mauvais.

Ellen aurait voulu poursuivre la lecture du journal de son arrière-arrière-grand-mère dès qu'elle aurait regagné sa chambre, mais le lait l'avait assoupie et elle avait du mal à se concentrer sur sa petite écriture bien nette. Abandonnant le passé, ses pensées dérivèrent vers l'avenir immédiat : quel temps ferait-il demain ? Que pourrait-elle bien raconter à Andy ? Et surtout, serait-elle en forme ? Cela faisait plusieurs jours qu'elle n'était pas sortie. Pourrait-elle tenir le coup sans s'évanouir, ou sans qu'il lui arrive rien d'aussi gênant ?

Le livre devint plus lourd et lui glissa des mains. Elle ne pouvait plus résister au sommeil, ses yeux se fermaient. Une seule pensée surnagea dans son esprit alors qu'elle tendait le bras pour éteindre. Les vampires existaient seulement dans les histoires, dans les films d'épouvante, mais ce journal constituait l'authentique récit d'une personne qui avait vécu. Ce journal était bien réel.

---

3. Boisson lactée au malt qui s'achète en poudre au Royaume-Uni.

Chapitre 6

Quand Ellen se réveilla le lendemain matin, un rectangle de soleil barrait son lit. Elle se leva et alla tirer ses rideaux. Le temps paraissait froid, mais le ciel était bleu et sans nuages. Elle s'examina, à l'affût de signes de faiblesse, sans en déceler aucun. Cela faisait plusieurs semaines qu'elle ne s'était pas sentie aussi en forme, ni d'humeur aussi optimiste. Pour la première fois depuis longtemps, elle attendait quelque chose avec impatience. Son reflet dans le miroir lui confirma son bon moral. Son visage était bien moins pâle et anémique que ces derniers temps. Après une douche, elle appliqua un peu de rose sur ses joues et dissimula le reste de ses cernes sous du fond de teint.

Andrew arriva à midi moins cinq. La grand-mère d'Ellen insista pour qu'elle porte une écharpe, des gants et boutonne son manteau jusqu'au cou, mais les laissa partir sans faire d'histoires.

Dehors, il faisait assez froid pour que leur respiration se transforme en vapeur. Du givre subsistait le long des murs comme une traînée d'ombre blanche, mais le soleil avait gardé un peu de sa chaleur et, malgré la circulation dense, l'air sentait bon.

Andy lui prit la main pour traverser la rue et ne la lâcha plus. Il passa ensuite son bras sous le sien alors qu'ils longeaient High Street, regardant les vitrines, entrant dans un magasin, puis dans un autre. Ellen n'avait pas besoin de s'inquiéter de ce qu'elle pourrait bien raconter. Ils parlaient sans arrêt de tout et de n'importe quoi. Et, qui plus est, il la faisait rire, ce à quoi personne n'était parvenu depuis longtemps.

L'une des rues transversales était occupée par un marché qui n'offrait qu'un piètre bric-à-brac, mais Ellen repéra quelques étals de brocante au milieu des fripes, des tenues de sport hors de prix, des gadgets en plastique et du matériel électrique douteux. À côté de cet assortiment, n'importe quel marché aux puces aurait fait figure de Sotheby[4], mais ils venaient de se découvrir un goût partagé pour les objets anciens et les bonnes affaires.

– On ne sait jamais ce qu'on peut dénicher, dirent-ils en même temps, et ils éclatèrent de rire.

Andy, toujours en quête de vieux 33 tours et de jouets en plastique pour sa collection d'objets kitsch, commença à fouiller dans des cartons de CD pirates et d'albums pendant qu'Ellen passait en revue des piles de vieux bouquins. La plupart, liasses de journaux aux bords dentelés, ouvrages reliés fleurant le moisi, rebuts

4. Salle de ventes spécialisée en art fondée en 1744.

de bibliothèques à la tranche craquelée et aux pages en buvard, n'avaient rien d'engageant. Elle allait se détourner quand son regard tomba sur le titre de *Femmes médecins*.

Se souvenant de sa conversation avec sa grand-mère la veille au soir, elle chercha l'index à la fin de l'ouvrage, et y découvrit son nom : « Laidlaw-Macmillan, Dr Ellen Isobel, p. 60-61. »

Aux pages indiquées, elle lut :

« Le Dr Ellen Laidlaw-Macmillan (1862-1938) a également fait ses études à la London School of Medicine for Women dans les années 1880. C'est l'une des pionnières dans la recherche moderne sur le sang. Les articles de son père (le docteur Anthony Laidlaw) qu'elle a fait publier, ainsi que ses propres travaux de recherche ont de l'avis général apporté une contribution majeure à la découverte des groupes sanguins. Cette découverte a elle-même rendu possible une transfusion sans risques et ainsi incontestablement sauvé des millions de vies. Ellen Laidlaw-Macmillan s'est notamment imposée par ses travaux sur le "syndrome du bébé bleu", provoqué par la réaction des anticorps aux groupes sanguins de rhésus négatif, qui est l'une des principales causes de mort périnatale. »

– C'est intéressant ? demanda Andy qui s'approchait d'elle avec quelques 33 tours sous le bras.

– Assez, oui.

– Eh bien, prends-le. Il ne coûte que 50 pence. Tenez,

fit-il en tendant une pièce au vendeur. Viens, dit-il à Ellen, j'ai l'estomac dans les talons. Je connais un restau super, juste au coin, où on peut manger des pâtes à volonté pour 3,50 livres seulement.

Ellen n'avait pas beaucoup d'appétit, mais Andy dévora pour deux. Il se resservit trois fois et, comme le café aussi était à volonté, il en profita.

– C'est ce que tu as envie de faire plus tard, médecin ? demanda-t-il en montrant le livre posé sur la table à côté d'Ellen.

– Non, pas vraiment.

– Qu'est-ce que tu veux faire, alors ?

Ellen haussa les épaules.

– Je ne sais pas. Je n'y pense pas.

Elle se tut et se renferma sur elle-même. Ce n'était pas un sujet qu'elle aimait aborder. Depuis le début de sa maladie, un an auparavant, tout était devenu incertain. Elle avait appris à ne pas faire de projets, à ne même pas penser à l'avenir. Personne ne pouvait affirmer qu'elle en avait un.

– C'est un bon métier si on aime les sciences, poursuivit Andy pour la faire réagir. Ça te plaît ?

– Quoi ?

– Les sciences.

C'était le cas. Elle était douée en maths. Elle aimait la logique, l'ordre et était curieuse de nature. Du moins, elle l'était avant que ce mal étrange n'absorbe toute son énergie.

– Oui, j'aime bien les sciences, répondit-elle évasivement.

– Moi, non, fit-il avec une grimace.

– Qu'est-ce que tu veux faire plus tard, alors ?

– Quand je serai grand ? fit-il en riant. Qui te dit que je grandirai ? Non, sérieusement, je voudrais faire de l'infographie. En ce moment, je fais des études d'art et de design, et plus tard…

Elle l'écouta exposer ses projets d'avenir. Il avait tout prévu, l'université, les stages, les perspectives d'emploi. Ça devait être beau de voir son avenir se dérouler ainsi devant soi. C'était sûrement une sensation merveilleuse.

– Qu'est-ce qui ne va pas ? demanda-t-il soudain.

– Rien, répondit-elle, et elle le regarda droit dans les yeux. Pourquoi ?

– C'est seulement que… dit-il en lui prenant la main… pendant un instant, tu as eu l'air vraiment… je ne sais pas, triste, ou quelque chose comme ça.

– Non, ça va.

– Alors, demanda-t-il en désignant de nouveau le livre, pourquoi ça t'intéresse ?

– Oh, répondit Ellen avec un sourire, il y a dedans une référence à mon arrière-arrière-grand-mère. C'était un peu une célébrité dans son genre. J'ai parlé d'elle avec ma grand-mère hier soir. (Elle se tut et se demanda si elle devait lui dire de quoi il retournait.) J'ai trouvé son journal intime au grenier, dans le coffre que tu as descendu pour moi l'autre jour.

– Et c'est intéressant, ou seulement plein de baratin assommant sur la médecine…?

– Pas du tout, ça n'a rien d'ennuyeux ! Elle l'a écrit

quand elle était jeune, enfin, le cahier que je suis en train de lire. C'est fascinant, et même assez étrange…

– Étrange ? Dans quel sens ?

Son expression, la lueur dans ses yeux avaient éveillé l'intérêt d'Andy.

– Ça va sûrement te paraître bizarre, mais je crois que… je ne sais pas trop comment expliquer ça…

Elle fronça les sourcils, déconcertée. Elle avait parfois du mal à croire à ce qu'elle venait de lire. Et puis, au fond, elle ne connaissait pas Andy si bien que cela : si elle lui faisait part de ses soupçons, il la prendrait peut-être pour une tordue.

– Quoi ? Qu'est-ce que tu crois ?

– Eh bien, d'après ce que j'ai lu dans ce journal… il semblerait que mon arrière-arrière-grand-mère ait connu un vampire, répondit-elle rapidement, et elle se renversa dans son fauteuil, guettant sa réaction.

– Vraiment ? (Il ne la regarda pas avec incrédulité et il n'éclata pas de rire comme s'il la croyait folle.) Eh bien, raconte ! Ne me tiens pas en haleine. Dis-moi tout !

Il se pencha en avant, captivé, tandis qu'elle lui retraçait l'histoire d'Ellen. Laissant refroidir son café, il l'écouta avec le plus grand sérieux exposer ses hypothèses sur la véritable nature du comte Szekelys et de sa sinistre cousine.

– Est-ce que je pourrai lire ce journal ? demanda-t-il quand elle eut terminé.

– Bien sûr !

– Je pourrai le prendre en repassant chez toi.

– Non, je ne l'ai pas encore fini.

– Demain, alors ?

– Bien sûr… si ça t'intéresse.

– Mais oui, ça m'intéresse.

– Ça me rassure, fit Ellen avec un sourire. Je me demandais si je faisais bien de t'en parler : j'avais peur que tu me prennes pour une dingue.

– Je n'aurais jamais pensé une chose pareille…

Il était temps de rentrer. Andy plongea la main dans sa poche pour régler l'addition.

– Non, c'est pour moi, intervint Ellen.

– Pas question !

– Ma grand-mère m'a donné de quoi, et maman m'a aussi laissé pas mal d'argent. Je n'ai pas si souvent l'occasion de le dépenser…

Elle sortit son portefeuille et y prit quelques billets.

– Bon, comme tu veux, dit-il à contrecœur.

– Oui, j'y tiens, déclara-t-elle en tendant l'argent au serveur.

– C'est d'accord pour cette fois, mais la prochaine…

Il y aurait donc une prochaine fois. Ellen dissimula un sourire en récupérant la monnaie.

Andy ne le remarqua pas. Il se leva et l'aida à passer son manteau, l'esprit encore absorbé par ce journal. Il avait des raisons personnelles de croire aux vampires.

Lorsqu'ils sortirent, le jour déclinait. Le soleil avait disparu derrière les hauts immeubles. L'air froid et sec annonçait une nuit de gel. Un fantôme de croissant de lune, aussi mince qu'une lunule d'ongle, attendait déjà derrière des branches d'arbres dépouillées de leurs dernières feuilles.

– J'ai promis à ta grand-mère de ne pas te ramener trop tard, dit Andy en l'entraînant vers un grand portail en fer forgé. En passant par le cimetière, on sera plus vite arrivés.

Une route goudronnée bordée de massifs de fleurs soigneusement entretenus constituait la voie publique du cimetière. Les concessions qui s'alignaient de part et d'autre étaient petites, nettement délimitées, presque identiques, et le gazon qui les séparait tondu ras. Des fleurs et des couronnes funéraires ornaient les dalles de ceux dont les vivants se souvenaient encore. Les tombes récentes se signalaient par des carrés de terre nue, de minces croix de bois et des gerbes de fleurs qui se fanaient dans des emballages en cellophane détrempés.

À l'écart de l'allée, toute trace de constructions récentes disparaissait. La nature avait repris le dessus. La partie la plus ancienne du cimetière abritait des monuments d'une autre époque, qui, au lieu de dissimuler la mort, l'affichaient comme signe de richesse et de rang social. Des colonnes en granit poli et des sculptures dominaient des tombeaux extravagants. Des mausolées de l'époque victorienne, tout verdis de mousse, noirs de crasse londonienne et aussi vastes que des demeures, hébergeaient des familles entières. Le conseil municipal et l'Association pour la protection des sites et des monuments repoussaient lentement les assauts de la nature par des travaux de restauration, mais les fonds manquaient, si bien que de nombreux endroits, envahis par la végétation, restaient inaccessibles au public.

Au centre du cimetière s'élevait une petite chapelle en pierre devant laquelle les horaires des visites guidées étaient inscrits sur un tableau noir.

– Beaucoup de célébrités sont enterrées ici, commenta Andy alors qu'ils passaient devant la chapelle, mais ce n'est pas évident de retrouver leurs tombes. C'est pour ça que des visites sont organisées.

– Tu te souviens du jour où tu es venu ici pour nous défier, Karen et moi, et revenu tout pâle et tout tremblant ?

– Je n'étais ni pâle ni tremblant !

– Si ! Tu es rentré tout droit chez toi. Karen et moi regardions par la fenêtre de la chambre du devant, et nous t'avons vu passer sans t'arrêter. Je mourais d'envie de savoir ce qui t'était arrivé, mais quand on t'a revu, le lendemain, tu n'as rien voulu nous raconter.

– Je m'en souviens très bien, en fait. Ça a dû se passer quelque part par là…

Andy s'éclaircit la gorge, puis se mit à rire. Le souvenir de ses frayeurs passées le rendait soudain nerveux. Il repoussa ses cheveux de ses yeux pour scruter au loin un endroit où du marbre luisait au milieu de fourrés de plus en plus sombres.

– D'abord, je crois que je me suis perdu, avoua-t-il, et il rit de nouveau. Je pense que c'est une bonne idée d'organiser ces visites guidées. Enfin, juste au moment où je retrouvais mon chemin, un de ces types de la Protection des sites et des monuments m'a repéré. Il s'est mis à crier en agitant un gros bâton, alors je me suis enfui en faisant le tour d'un de ces grands machins en marbre. Comme la porte avait été défoncée par des vandales, j'ai jeté un coup d'œil à l'intérieur. Il y avait un couloir dallé comme dans l'entrée d'une maison. Je suis entré...

– Tu n'avais pas peur ?

Il secoua la tête :

– Non, pas à ce moment-là. J'étais surtout curieux. Je voulais juste voir ce qu'il y avait à l'intérieur. Je me souviens même que j'étais un peu déçu parce qu'il n'y avait pas de cercueils, sans parler de cadavres, mais seulement, comme je t'ai dit, un couloir avec des portes murées...

– Et alors ?

– Alors, c'est à ce moment-là que j'ai entendu ce bruit. (Malgré lui, il frémit à ce souvenir.) Il venait de derrière la porte la plus éloignée. C'était comme un grattement...

– Probablement des rats...

– Ou des renards, il y en a des tas par ici, enfin, c'est ce que je me suis dit d'abord. Mais... ça ressemblait plutôt au raclement d'ongles sur la pierre. Des ongles très longs. Je me suis rappelé avoir lu que les ongles des morts continuent à pousser, et ce raclement était lent, délibéré en quelque sorte, pas du tout comme celui d'un animal...

Ellen frissonna.

– Pas étonnant que tu aies eu peur, fit-elle. Moi, j'aurais pris mes jambes à mon cou.

– Le plus étrange, c'est que j'en étais incapable, répondit-il en baissant vers elle ses yeux bleus assombris et troublés. Tout en moi hurlait : « Sauve-toi ! » Mais je ne pouvais pas. Je me suis approché de la porte pas à pas, jusqu'à ce que…

– Jusqu'à ce que quoi ?

– J'ai entendu crier au-dehors. Le vieux type avait dû me voir me faufiler à l'intérieur. Il frappait avec son bâton contre la porte extérieure en me hurlant de sortir de là. Soudain, le raclement s'est arrêté. Et le plus bizarre, c'est l'impression que j'ai eue : on aurait dit que ce qui raclait m'abandonnait, mais à contrecœur. Je suis ressorti en quatrième vitesse et j'ai dépassé le vieux en le bousculant. Il s'est lancé à ma poursuite en brandissant son bâton, mais avec les guibolles qu'ils ont, ces types-là ne courent pas très vite, et je filais comme le vent. Je n'ai ralenti qu'à la sortie du cimetière. Je me suis arrêté pour souffler avant de passer devant chez vous. Je ne sais même pas comment j'ai pu rentrer chez moi, tellement mes jambes tremblaient.

– C'est vraiment effrayant ! dit Ellen en le regardant gravement. C'est l'une des histoires les plus effrayantes qu'on m'ait jamais racontées.

– Oui, mais ce n'est pas tout. Quelques années plus tard, en préparant pour le collège un exposé sur l'histoire de la ville, j'ai lu un article sur les vampires.

– Quoi ? Des vampires, ici ! Tu plaisantes ?

– Non, je te jure. Il paraît qu'il y en a toute une colonie justement dans ce cimetière. Et je ne parle pas d'autrefois, mais d'aujourd'hui. Il court toutes sortes de rumeurs, d'histoires sur ce qu'on aurait vu dans le cimetière et aux alentours.

– Où ça, aux alentours ?

– Près des portes, en face de chez ta grand-mère. On raconte qu'une figure spectrale apparaît parfois là-bas, en pleine nuit, et flanque une peur bleue à tous ceux qui la voient. C'est arrivé si souvent que ça ne peut pas être un simple hasard. Il y a eu des chasseurs de vampires, on a mené des enquêtes sérieuses, j'ai un tas de coupures de presse là-dessus à la maison. Je te les montrerai si ça t'intéresse.

C'était au tour d'Ellen de frémir. Alors qu'ils parlaient, la nuit tombait ; une brume légère surgie des arbres déferlait vers eux.

– Nous ferions mieux de nous dépêcher, dit Andy en passant un bras autour d'elle. On ferme les portails juste après le coucher du soleil.

Ils venaient de repartir quand Ellen s'arrêta soudain. Elle avait perçu plus que vraiment vu un mouvement sur la droite. Une forme noire, une ombre dans le brouillard de plus en plus dense, fuyait entre les pierres tombales. Elle se déplaçait au même rythme qu'eux, s'arrêtant quand ils s'arrêtaient. Ellen eut soudain l'impression très nette d'être observée. Quelle que fût cette chose ou cette personne, elle semblait reproduire exactement leurs mouvements.

– Que se passe-t-il ? demanda Andy.

– J'ai cru voir quelque chose.

– Où ?

– Par là. Sous les arbres. Quelqu'un qui nous suivait au milieu des tombes…

– Je ne vois rien… dit Andy en scrutant l'obscurité dans la même direction qu'elle.

– Il a disparu.

Tandis qu'ils repartaient, Ellen marchait en voûtant les épaules. Peut-être n'était-ce qu'une illusion d'optique. La silhouette s'était comme évanouie dans l'air. Quoi qu'il en soit, elle n'avait aucune envie de se retrouver enfermée dans le cimetière après le coucher du soleil.

Andy la raccompagna chez elle, mais refusa de rester un moment.

– J'ai du travail, dit-il. Tu ferais mieux de rentrer, maintenant, sinon ta grand-mère sera en pétard et m'interdira de revenir.

Il se pencha vers elle pour l'embrasser sur la joue, mais au même moment, Ellen tourna la tête et sa bouche rencontra la sienne. Les lèvres d'Andy étaient chaudes contre les siennes, sa peau froide. Il la serra dans ses bras. Elle était si mince, perdue dans son épais manteau, comme s'il ne restait presque plus rien d'elle. Il resserra son étreinte, tout au désir de la protéger, de la sauver, d'être toujours là pour elle.

– Ellen ? C'est toi ?

Ils se séparèrent alors que la lumière du porche s'allumait et que des bruits de pas résonnaient dans l'entrée.

– Oui, mamie, c'est moi…

– Ne reste pas dehors par ce froid. Tu vas t'enrhumer.

La porte s'ouvrait déjà quand Andy lui envoya un baiser avant de s'éloigner.

En arrivant sur le trottoir, il lui fit un salut de la main.

– Au revoir, Ellen ! lança-t-il. À bientôt !

Chapitre 7

Ellen s'était efforcée de dissimuler son état à Andy, car elle désirait par-dessus tout qu'il la considère comme une fille ordinaire, comme une personne normale, mais en réalité elle était épuisée. Une fois rentrée chez elle, elle comprit que, s'il lui était permis de le revoir, elle devrait encore jouer la comédie sans savoir combien de temps elle tiendrait le coup. C'était une chance que sa grand-mère se couche tôt, car elle-même était à bout de forces.

– Bonne nuit, ma chérie ! lança sa grand-mère du palier.

– Bonne nuit, mamie, répondit Ellen. Merci pour le Horlicks.

Quand elle se mit au lit, une peau recouvrait déjà le lait. C'était l'un des pires états dans lesquels se trouver : éreintée, mais incapable de dormir.

Elle avait néanmoins un moyen de tuer le temps. Elle passa la main sous son lit pour attraper le journal de l'autre Ellen.

10 février 1878

Ce soir, papa m'a fait venir dans son laboratoire. Tom et lui discutaient si âprement qu'ils n'ont même pas remarqué mon arrivée. Papa rassemblait des appareils, tout un attirail de flacons et de tubes en caoutchouc, pendant que Tom le suivait en argumentant :

– Docteur Laidlaw, écoutez-moi ! Je considère cette solution comme peu judicieuse. (Il a saisi le bras de mon père.) C'est extrêmement dangereux, et même illégal ! Si vous persistez à le faire, il en mourra probablement !

– Si je ne le fais pas, il mourra de toute façon, a répondu mon père. Il se meurt en ce moment même. Vous l'avez vu. Répondez-moi, Tom, vous qui avez soigné des mourants : n'est-il pas à l'agonie ? S'il ne meurt pas aujourd'hui, il mourra demain. Même un observateur inexpérimenté le comprendrait.

Tom a lâché le bras de mon père, baissé les yeux et fait un léger signe de tête.

– Bon, et maintenant, êtes-vous prêt à m'assister ?

Tom a de nouveau acquiescé.

– Très bien, dans ce cas, aidez-moi : portez-moi tout ça. Plus tôt nous en aurons fini, plus vite il sera rétabli.

Ils se sont retournés et m'ont aperçue sur le seuil du laboratoire.

– Ellen, te voilà ! s'est exclamé papa. J'aimerais que tu viennes soigner le comte avec nous. Son état s'est aggravé et…

– Docteur Laidlaw ! a repris Tom. Une jeune fille ne devrait pas assister à… ni soigner…

– Sottises ! l'a interrompu mon père. N'y a-t-il pas des infirmières à l'hôpital de Londres ?

– Oui, mais Ellen est une jeune fille de bonne famille !

Mon père lui a alors parlé encore plus sévèrement qu'auparavant :

– Une jeune fille de bonne famille qui désire devenir médecin ! Elle sait ce qu'est un lit de malade. Elle m'a accompagné dans mes tournées à l'hôpital, dans mes visites au domicile de mes patients, et elle a montré plus d'intelligence, de courage et de simple bon sens que la plupart des étudiants en médecine auxquels j'ai eu affaire !

– Je suis désolé, je voulais seulement dire…

– Du reste, a coupé mon père, le comte s'est attaché à elle. Sa présence pourrait lui apporter quelque réconfort.

En chemin, mon père a essayé de m'avertir, mais rien n'aurait pu me préparer à la stupeur que j'ai éprouvée à la vue du comte. Il gisait sur une estrade improvisée qui avait l'allure d'une bière. Ses bras reposant sur la courtepointe étaient si décharnés qu'ils ressemblaient à des cordages. Son visage était plus blanc que les draps – non, il était d'une tout autre couleur : on l'aurait cru sculpté dans le plus pâle ivoire. Il était aussi inerte qu'un gisant. Seul le léger mouvement de ses yeux sous ses paupières m'a indiqué que nous n'arrivions pas trop tard.

Tom a installé tout l'appareillage nécessaire pendant que mon père m'expliquait ce qu'ils allaient faire :

– Nous voulons transfuser ce jeune homme, c'est-à-dire transférer par ce tube le sang de l'un de nous dans son corps. Comme tu l'as entendu dire à Tom, c'est une opération très dangereuse, non pour le donateur, qui ne souffre que d'une gêne mineure, parfois suivie d'une légère fatigue, mais pour le receveur, qui risque la mort, c'est pourquoi elle est illégale. C'est néanmoins son seul espoir de survie. Maintenant, tu l'as vu, Ellen. Qu'en penses-tu ?

– Ce que je pense de quoi, papa ? Tu n'as certainement pas besoin de ma permission ?

Ses yeux sombres pesaient sur moi, me scrutaient et me sondaient. Ce qu'il envisageait m'est peu à peu apparu dans toute son énormité. C'était mon sang qu'il comptait utiliser !

Tom l'a compris en même temps que moi et son visage s'est durci :

– Docteur Laidlaw, a-t-il dit avec raideur, puis-je vous parler un instant seul à seul ?

Se redressant de toute sa hauteur, il a littéralement traîné mon père à l'écart du lit du comte. Leur conversation se réduisait à des chuchotements furieux, mais j'en ai presque tout entendu :

– C'est votre propre fille !

– Je peux vous assurer qu'il ne lui arrivera aucun mal.

– Je ne comprends pas comment vous pouvez… (Tom a laissé la phrase en suspens, et sa voix exprimait toute l'horreur que j'éprouvais moi-même à cette idée.) Pourquoi ne le faites-vous pas vous-même ?

– Mon sang est impur. Je souffre d'une infection récurrente. Dois-je m'expliquer plus en détail ?

– Alors, prenez le mien !

– Non, vous êtes incompatible. Regardez-vous et regardez-le. Vous différez en tout, taille, constitution, couleur d'yeux, de cheveux, tout. Nous ne savons pas encore exactement ce qui fait la compatibilité d'un type sanguin avec un autre, mais je pense que la race est peut-être un facteur. Votre sang risque de coaguler dans ses veines et de le tuer en l'espace de quelques minutes.

– Comment pouvez-vous être sûr qu'il n'en ira pas de même avec celui de votre fille ?

– Je le sais, c'est tout. Mais nous perdons du temps…

Il a voulu s'éloigner, mais Tom l'a retenu.

– Très bien, a-t-il dit, je vais tout vous expliquer. J'ai déjà opéré une transfusion de ce genre. Mon sang comme celui d'Isobel, la mère d'Ellen, ont servi à cette transfusion. Sans en être certain à cent pour cent, je crois que celui d'Ellen sera compatible avec le sien. (Il a poussé un soupir d'exaspération.) Allez-vous laisser un homme mourir à cause de vos états d'âme ? Ellen est d'accord pour le faire, a-t-il dit en me désignant, si cela peut le sauver, n'est-ce pas, mon enfant ?

J'ai acquiescé après avoir péniblement dégluti. Refuser équivalait à condamner un homme à mort. Avais-je vraiment le choix ? Mon père s'adressait de nouveau à Tom, le visage tordu dans un rictus méprisant :

– En ce moment, elle se conduit davantage en médecin que vous ! s'est-il exclamé.

Sur ces mots, il a dégagé son bras et il est retourné auprès de moi. J'ai retroussé ma manche tandis qu'il arrosait d'antiseptique un tampon de gaze. La fierté de voir mon père m'accorder une telle confiance pesait peu face à l'appréhension qui me donnait la nausée. Soudain, Ivan, le serviteur du comte, a surgi de l'ombre qui noyait le pied du lit. La manche roulée de sa tunique dénudait un bras de la couleur et du volume d'une poutre de chêne poli.

– Le jeune docteur a raison, a-t-il dit d'une voix grave qui s'éraillait. (Il prononçait lentement les mots comme s'il ne parlait que rarement, même dans sa propre langue.) Vous ne vous servirez pas d'elle. Ce n'est pas… (il a cherché le mot)… correct. Vous vous servirez de moi. Nous sommes… du même peuple, a-t-il ajouté en regardant son maître. De la même… (il a de nouveau fait une pause pour traduire ses paroles)… même race, même famille.

Mon père a ouvert la bouche pour protester. Il n'avait pas l'habitude de telles interventions, surtout de la part de serviteurs, mais sa voix s'est étranglée. Des doigts épais, longs et forts se sont refermés comme un étau autour de son cou. Ivan a soulevé mon père comme s'il ne pesait pas plus lourd qu'un enfant et il l'a secoué comme un prunier.

– Vous vous servirez de moi, compris ?

Mon père était incapable de répondre. À peine a-t-il pu hocher la tête pour acquiescer.

Dès lors, toute l'opération s'est déroulée en silence.

Le tube a été attaché et Ivan est resté assis, immobile et impassible, tandis que son sang était transfusé par demi-litres dans les veines de son maître. Mon père allait et venait en marmonnant et en ajustant l'appareil. Tom le contemplait, l'air troublé, pensant visiblement qu'il avait perdu l'esprit. Il ne l'avait encore jamais vu dans cet état. Moi, oui. Je sais qu'il peut rester enfermé dans son laboratoire pendant des jours, des semaines, en s'interrompant à peine pour manger, sans parler de dormir, pour traquer la maladie et chercher inlassablement un remède. Le comte et son mal mystérieux avaient relancé cette mécanique en ravivant son obsession.

Soudain, il s'est arrêté et il a regardé fixement son patient. Il avait fait usage de tous ses pouvoirs de médecin ; maintenant, il mettait toute sa volonté en œuvre pour achever le traitement. L'effet sur le comte était réellement miraculeux. Ses membres si émaciés et si secs semblaient reprendre du volume et s'arrondir à vue d'œil, ses cheveux eux-mêmes devenir plus épais et luire de reflets rouge sombre. Son teint est passé de l'ivoire morbide au livide, une roseur est montée à ses joues et il a remué. Enfin, il a ouvert les yeux. Il nous a regardés tour à tour comme s'il se demandait ce que nous faisions auprès de lui, et il a souri.

– Ellen ! s'est-il exclamé en me regardant fixement. Je rêvais de vous. Et maintenant, vous voilà !

11 février 1878

Mon père m'a dit que le comte se remet bien. Il dort paisiblement et paraît en voie de rétablissement. Ce matin-là, Ivan était à la cuisine. Il attendait, silencieux comme à son habitude, tandis que la cuisinière l'ignorait purement et simplement. Elle avait reçu l'ordre de faire cuire du foie pour lui, mais elle prenait tout son temps. Marie a froncé le nez et dit quelque chose que je n'ai pas entendu, mais qui était sûrement méprisant. Toutes deux l'ont regardé en riant. Je leur ai dit assez sèchement qu'elles n'avaient pas à discuter les ordres de mon père, qu'Ivan était notre invité et devait en tant que tel être respecté. La cuisinière a préparé son petit déjeuner, ce qui a retardé le mien, mais cela m'était égal. Il me semble qu'en tant qu'étranger, Ivan devrait être traité non avec suspicion, mais avec bonté.

Il m'a exprimé sa reconnaissance par un léger hochement de tête et un regard. Ses yeux brun foncé, vifs et intelligents, sont profondément enfoncés entre des paupières éternellement plissées pour affronter le vent et les intempéries. Il parle peu, c'est vrai, mais rien ne lui échappe. J'ai l'impression qu'il vit selon un code très ancien et très simple. Mon consentement à donner mon sang hier soir semble m'avoir acquis son respect, et maintenant, en lui accordant ma protection, j'ai gagné sa reconnaissance et, je crois, sa loyauté.

13 février 1878

Quand je suis rentrée de l'école, la comtesse était là. Elle était venue voir son cousin. Je ne l'aime pas plus qu'au début. La gratitude qu'elle témoigne à mon père est extravagante et hors de propos. J'ai envie de lui dire : « Il est médecin. Il ne fait que son métier. » Mais je me tais et je m'accommode de son insistance et de ses minauderies. Peut-être est-ce parce qu'elle est étrangère, ou parce que je n'ai pas l'habitude des démonstrations d'affection, mais je n'aime pas la manière dont elle me tripote et me dorlote. Son contact me répugne et il m'est de plus en plus difficile de dissimuler mon exaspération.

14 février 1878

Ce soir, je dois rendre visite au comte mais, en rentrant de l'école, c'était Tom qui occupait toutes mes pensées. J'ai peur qu'une brouille ne survienne entre mon père et lui, et j'aurais vraiment voulu le voir, parler avec lui, mais apparemment, il est encore trop pris par ses autres obligations pour me consacrer un instant.

À mon arrivée, j'ai trouvé la cuisinière, Mrs. Dover et Marie devant la porte de service. Je les ai rejointes, curieuse de savoir ce qui les avait attirées là, juste à temps pour voir passer une sinistre petite procession venue du fleuve. Deux agents de police portaient une civière de fortune fabriquée avec la moitié d'une porte. Une bâche grossièrement attachée dissimulait son petit fardeau. Elle était suivie d'une femme et d'une file désordonnée d'enfants. La femme sanglotait, le visage dissimulé sous un châle rapiécé et reprisé. Ceux des enfants, noirs de crasse, étaient inexpressifs. Ils allaient nu-pieds malgré le froid, et leurs vêtements n'étaient guère plus que des chiffons noués avec de la ficelle. Ils sont passés devant nous sans nous accorder un regard.

– Ça faisait quelques jours que le gamin avait disparu. Ils viennent de retrouver son cadavre dans le fleuve, m'a expliqué la cuisinière. C'est sûrement un enfant des rues. (Elle entend sans doute par là l'un des garçons qui traînent au bord du fleuve pour ramasser tout ce qu'ils peuvent glaner.) Il a dû tomber à l'eau, être emporté par le courant et pris dans une hélice, ou quelque chose de ce genre. L'un des veilleurs l'a repêché. Il avait le cou et la poitrine en bouillie, c'était affreux à voir.

– Comment le savez-vous ? lui ai-je demandé alors que nous rentrions.

Question stupide : notre cuisinière est au courant de tout. Sa nombreuse famille a des ramifications dans tout East End, et un flot de vendeurs lui rendent visite en cuisine. Elle est toujours prête à offrir du thé et tout ce qui vient de sortir du four en échange des derniers commérages ou de nouvelles bien palpitantes.

– Donald, l'aîné de notre Renée, était sur le quai quand ils l'ont sorti de l'eau. Comment va votre main ?

– Bien, merci.

– Cette petite écorchure vous ennuie toujours ?

– Non, c'est fini.

– Enlevez votre gant, que je voie ça.

Elle a saisi ma main droite entre ses gros doigts rouges et l'a retournée. J'avais juste au-dessus du poignet une petite égratignure contre laquelle ma manche frottait, si bien qu'elle ne pouvait cicatriser. C'était indolore, sans saignement, mais la blessure se rouvrait toujours, comme une petite bouche aux lèvres irrégulières. Depuis que notre cuisinière l'avait repérée, elle insistait pour lui appliquer un cataplasme. Elle a passé une bonne partie de son enfance dans le Suffolk, chez sa grand-mère, et bien qu'elle se proclame pure cockney et affecte de mépriser la campagne, elle a planté dans l'enceinte de l'hôpital un petit potager où elle cultive des herbes et des plantes de son choix. Mrs. Dover appelle ses remèdes des « superstitions de bonne femme » et l'a mise en garde au cas où « le docteur (mon père) mettrait la main dessus », mais je suis sûre qu'il ne s'en formaliserait pas. Il s'intéresse beaucoup aux remèdes de notre cuisinière. Le cataplasme en question est une pâte composée de pain moisi et de feuilles d'ail sauvage, et maintenue par un bandage. Quand elle a ôté le mien, il ne restait plus la moindre trace de la plaie, qui était complètement refermée.

– Vous voyez, c'est parti ! s'est-elle écriée triomphalement. Vous pouvez garder pour vous tous vos médicaments modernes, ils ne remplaceront jamais les bons vieux remèdes !

15 février 1878

Hier soir, j'étais trop fatiguée pour écrire quoi que ce soit. Le temps semble couler comme de l'eau quand je suis auprès du comte. Son appartement souterrain éclairé aux chandelles, rempli de brocarts et de meubles somptueux, ne semble appartenir à aucune époque ni aucun lieu précis. On le croirait plutôt sorti tout droit d'un conte de fées. Et, comme un voyageur entré dans un royaume féerique, quand je suis là-bas, malgré tous mes efforts, je perds la notion du temps. Jusqu'au moment où je regagne ma chambre, j'oublie l'heure qu'il est. J'ai parfois l'impression que le comte a des pouvoirs surnaturels. Mais je laisse mon imagination s'égarer. Je rougis à l'idée de ce que papa penserait en lisant toutes ces billevesées romanesques. « Tiens-

t'en à la réalité, Ellen, me répète-t-il toujours, à la réalité, rien de plus. »

Le comte s'est rétabli. À vrai dire, depuis que je le connais, je ne l'avais encore jamais vu aussi bien portant. Ce soir-là, il s'est montré plus divertissant que jamais. Il m'a offert avec les petits gâteaux du vin qu'il a versé d'une petite bouteille en céramique vernie dans un minuscule verre en cristal taillé. Ce vin doré, infiniment suave, semble contenir tous les parfums des fleurs de prairie et toute la chaleur de l'été. Il me regardait boire. Peut-être était-ce dû à la lueur vacillante des chandelles, mais ses yeux semblaient ce soir-là d'une couleur différente, fauve émaillé de traits gris rayonnant des pupilles comme des éclats de givre.

– L'aimez-vous ? a-t-il demandé. C'est un vin de mon pays. Très ancien, très rare. Le secret de sa fabrication s'est perdu avec le temps. Ne buvez pas trop vite. C'est très fort. Une petite gorgée reste longtemps en bouche.

J'ai siroté lentement le vin en écoutant ce qu'il me racontait sur son étrange pays, des histoires de chevaliers et de princes, d'alliances secrètes, de batailles sanglantes et d'actions héroïques. Ce pays est aux portes de l'Europe. Les ancêtres du comte et leur peuple constituaient le seul rempart entre les plaines sans défense de la région et les hordes turques, tout ce qui pouvait retenir ces dernières de déferler, ravager les villes et les bourgades, tout détruire sur leur passage, passer tous leurs adversaires au fil de l'épée et anéantir la civilisation et la chrétienté.

De temps à autre, les Turcs étaient vaincus au prix de lourdes pertes et, un jour, ils ne sont plus revenus. Mes connaissances en histoire sont très limitées, mais il me semble que tous ces événements se sont déroulés plusieurs siècles auparavant. J'ai pourtant l'impression que le comte les a vécus, tant il raconte tout avec précision, comme s'il évoquait des souvenirs encore récents.

Son histoire la plus impressionnante est celle d'un jeune prince qui avait été capturé par les Turcs et gardé prisonnier en échange d'une rançon. Ils l'ont traité en invité, avec tous les honneurs, et il a beaucoup appris de ses ravisseurs, surtout en magie, alchimie et occultisme. Mais, de retour dans son pays natal, il a découvert qu'ils l'avaient trahi. Son château était en ruine et tous les habitants du village avaient été massacrés, y compris son épouse, son fils et sa petite fille. Il a attendu la mort au milieu de ces ruines, mais elle n'est pas venue. Il l'a cherchée dans la chaleur brûlante, la fumée et la puanteur des batailles, mais elle ne voulait toujours pas de lui. C'est lui qui a chassé les Turcs des portes de l'Europe. Il possédait une audace extraordinaire, alliée à une férocité extrême et à une ruse sans égale. Dans son propre pays, on ne prononçait son nom qu'à mi-voix, et ce nom signifiait « dragon » et « mangeur d'hommes ».

J'écoutais, fascinée, le comte me raconter cette histoire. Je savais que j'en rêverais. J'imaginais les merveilles de la cour du calife, j'entendais les murmures des vizirs qui se transmettaient leur savoir occulte. J'entendais son hurlement de détresse, dont l'écho se répercutait entre les montagnes, et les malédictions qu'il proférait contre lui-même et contre Dieu. Je me représentais le tumulte des batailles, et mes oreilles se remplissaient des cris des hommes et des chevaux à l'agonie.

Lorsque j'ai pris congé de lui, il a saisi ma main en s'excusant comme toujours de m'avoir retenue si longtemps. Il l'a retournée pour en baiser l'intérieur au-dessus du poignet comme à son habitude, mais soudain, il a tressailli. Son expression a complètement changé.

Son nez s'est froncé, ses lèvres se sont retroussées et il a émis une exclamation de dégoût à peine humaine, presque un sifflement, jaillie du fond de sa gorge. Ses doigts aux longs ongles effilés ont lâché les miens comme si leur contact les brûlait.

– Qu'est-ce que c'est ?

Il avait littéralement craché ces mots avec son accent heurté.

Je suis restée un instant perplexe. Je n'avais pas la moindre idée de ce qu'il voulait dire, et puis j'ai suivi son regard. Ses yeux étaient rivés sur le haut de mon poignet, à l'endroit où le cataplasme avait été appliqué.

– J'avais une petite écorchure, ai-je expliqué. Notre cuisinière l'a soignée avec l'un de ses remèdes, et maintenant elle est guérie.

– C'est votre père qui devrait vous soigner…

– Je ne voulais pas le déranger.

– La prochaine fois, faites-le. Ne vous fiez surtout pas à ces remèdes de bonne femme : certaines des herbes que ces vieilles commères utilisent sont des plus toxiques.

J'ai haussé les épaules. Je n'aimais pas le ton sur lequel il me parlait, froid et impérieux. Cela créait comme une dissonance, et soudain, tout le charme qu'il avait déployé jusqu'ici m'est apparu comme un masque dissimulant une personnalité tout autre.

– Pardonnez-moi. Je n'aurais pas dû vous parler ainsi, a-t-il dit en se ressaisissant, et le masque est réapparu, aussi lisse et transparent que du verre, comme s'il avait perçu mon mécontentement. Il se fait tard, et peut-être ai-je présumé de mes forces…

– Non, non, c'est ma faute. Je n'aurais pas dû rester si longtemps, ai-je répondu en m'écartant. Je suis moi-même assez fatiguée…

– Nous ne devrions pas nous séparer sur une querelle, a-t-il insisté.

Il paraissait inquiet et contrit. Je me suis forcée à sourire et je lui ai affirmé qu'il était tout excusé.

– Très bien ! Parfait ! Le docteur Laidlaw m'a dit que bientôt vous serez en vacances, n'est-ce pas ?

– Oui, ai-je acquiescé, surprise de ce brusque changement de sujet. Pour quelques jours…

– Très bien, très bien. J'ai une surprise pour vous !

– Quoi donc ?

Il a souri, découvrant l'extrémité de ses étranges dents.

– Si je vous le disais, ce ne serait plus une surprise. Mais maintenant, je dois me reposer. Je suis encore convalescent. Je vous souhaite une bonne nuit. Ivan va vous raccompagner jusqu'à vos appartements.

Après un salut de la main, il s'est détourné et dirigé vers sa chambre. Pour la première fois, j'ai été soulagée de partir et de le voir se retirer.

Ivan marchait à pas de velours à mes côtés, comme un grand chat. Il se déplace très discrètement pour un homme de sa stature. La première fois que je l'ai vu, je l'ai pris pour une sorte de serf, mais depuis j'ai changé d'avis. Sa loyauté envers le comte est certainement à toute épreuve, entretenue par des liens de fidélité séculaires, mais j'ai l'impression qu'Ivan est son propre maître et que c'est plutôt le comte qui dépend de lui.

Le volume s'arrêtait là. Il était trop tard pour en entamer un autre le soir même. Elle prêterait celui-là à Andy et commencerait le suivant dès le lendemain matin. Ce qu'elle venait de lire apportait de l'eau à son moulin : le comte était un vampire. Il ne pouvait qu'en être un. Cet épisode avec l'ail le confirmait. Andy le remarquerait à coup sûr, comme elle. C'était pourtant bizarre. Pendant qu'elle lisait la dernière page du volume, elle aurait voulu hurler : « Sauve-toi ! » à cette autre Ellen. Rien ne permettait de penser que cette dernière avait le moindre soupçon au sujet du comte. Et pourquoi en aurait-elle eu ? À l'époque de son journal, le *Dracula* de Bram Stoker n'était même pas encore écrit. En 1878, on ne pondait pas encore à la chaîne romans et films d'épouvante. Et même s'il en avait été ainsi, se dit Ellen, même si cela lui arrivait personnellement, y croirait-elle pour autant ? L'avantage, avec les vampires, les loups-garous et ce genre de créatures, c'était qu'ils vivaient à l'écran, sur le papier, mais pas dans la réalité. On pouvait sortir du cinéma, rembobiner la cassette vidéo ou refermer le livre pour les laisser derrière soi. Et pourtant… Ellen se souvint de ce qu'Andy lui avait raconté à propos des légions de vampires hantant le cimetière, de l'autre côté de la rue – pas un siècle auparavant, mais aujourd'hui. Elle frissonna.

Soudain, elle éternua. Et elle éternua de nouveau avant d'avoir pu prendre un mouchoir. Ce journal n'était pas imprimé, mais écrit à la plume, avec de l'encre. Et si les vampires avaient existé autrefois, ils le pouvaient aussi bien maintenant. Peut-être. Peut-être même pullulaient-ils. Elle renifla et reposa le livre. Une heure vingt du matin. C'était l'heure d'éteindre. Allongée dans l'obscurité, elle réfléchit à ce journal intime en s'interrogeant sur sa signification. Il ne lui vint même pas à l'idée qu'elle s'était peut-être enrhumée.

Son sommeil fut léger et troublé. Elle s'éveilla une fois ou deux en sursaut, croyant avoir entendu un bruit de l'autre côté de la fenêtre, quelque chose de volumineux et de mou qui frappait contre la vitre comme un papillon de nuit géant. C'étaient probablement les feuilles d'un arbre qui cinglaient la croisée. Cette explication la rassura et l'aida à se rendormir.

Dans la nuit, dans le noir, notre mémoire nous joue des tours. Nous nous représentons les choses non telles qu'elles sont, mais telles que nous voulons qu'elles soient. Aucune branche d'arbre ne s'étendait jusqu'à ce côté de la maison. L'arbre le plus proche était un sycomore qui avait déjà perdu toutes ses feuilles.

Chapitre 8

Ellen Forest se réveilla avec une nouvelle question à l'esprit : si le comte était à l'affût de cette autre Ellen, pourquoi ne passait-il pas à l'action ? Pourquoi ne se jetait-il pas sur elle ? On aurait dit qu'il jouait avec elle comme un chat avec une souris. Mais peut-être avait-il autre chose en tête. Peut-être n'était-elle pas une victime ordinaire. Ellen se souvint d'histoires qu'elle avait lues et de films qu'elle avait vus. Les vampires gardaient parfois leurs proies préférées jusqu'à la fin. Elle passa le pouce sur les frises arc-en-ciel du volume du journal qu'elle allait entamer. Pendant un instant, elle fut tentée de sauter des pages comme si elle lisait un roman afin de connaître la fin plus tôt, mais elle n'en fit rien. Ce journal relatait la vie d'une personne réelle et elle estimait lui devoir certains égards. De plus, en agissant ainsi, elle aurait risqué de manquer quelque chose et de perdre le fil de la narration.

Afin de découvrir ce qui était arrivé, elle devait poursuivre sa lecture sans sauter une seule page. Elle avait tout son temps. En réalité, elle ne se sentait pas si bien qu'elle l'avait cru d'abord, et sa grand-mère avait insisté pour qu'elle reste au lit.

20 février 1878

Un autre enfant a disparu.

C'était une fillette qui habitait dans l'une des rues voisines de la nôtre. La veille au soir, sa mère l'avait envoyée faire une course et elle n'était pas rentrée. À mon retour de l'école, j'ai appris que les recherches, commencées à l'aube, avaient duré toute la journée. Maintenant, elles continuent dans l'enceinte de l'hôpital…

J'ai été interrompue dans la rédaction de ce journal par un hurlement et un bruit de pas précipités. Quand j'ai regardé par la fenêtre, j'ai vu l'un des aides-soignants de l'hôpital.

À sa carrure et son allure patibulaire, j'ai deviné que c'était l'un des infirmiers de l'asile. Il se dirigeait vers la maison en manches de chemise, son manteau drapé autour de ce qu'il portait dans les bras. À l'expression de son visage, j'ai deviné ce que le manteau contenait. L'enfant a été amenée tout droit au cabinet de mon père mais, quand je suis descendue, j'ai lu sur tous les visages que ce n'était plus qu'une simple formalité.

Mon père est ressorti de son cabinet en secouant la tête.

– À en juger par ses blessures, a-t-il annoncé comme s'il éprouvait le besoin de faire un commentaire, il semblerait qu'elle ait été renversée, puis écrasée par les roues d'une voiture au cours de la nuit dernière. La mort a dû être instantanée, a-t-il précisé, comme si cela pouvait apporter le moindre réconfort. Je ne pense pas qu'elle ait souffert. L'un des portiers est déjà parti informer la police et les

parents. Comme nous ne pouvons rien faire de plus, je suggère que chacun retourne à ses affaires.

Il s'est détourné sans ajouter un mot et la foule a commencé à se disperser.

– Comment a-t-elle pu entrer dans l'enceinte de l'hôpital ? a demandé Marie en portant la main à sa bouche.

La cuisinière reniflait et se tamponnait les yeux avec son tablier.

– Écrasée, puis jetée par-dessus le mur, qu'elle a été, pauvre petit oiseau ! Si jamais on retrouve le vaurien qui a fait ça… Mais la pendaison serait une mort bien trop douce pour les gens de cette espèce, a-t-elle déclaré.

Un peu plus tard :

Papa et moi avons dîné ensemble ce soir. Pas dans la salle à manger à la longue table luisante et à l'argenterie étincelante, mais au salon, comme autrefois, quand j'étais plus jeune. Cette pièce est plus petite et très confortable, un bon feu brûle dans la cheminée et des livres s'alignent sur des rayons, car c'est aussi le cabinet de papa. La cuisinière nous avait préparé un ragoût de poulet avec des boulettes aux herbes, mon plat préféré, mais les événements de la soirée nous avaient coupé l'appétit.

– Je vois la mort tous les jours, mais quand c'est celle d'un enfant… a soudain dit papa, les yeux rivés sur le feu comme s'il se posait une question à laquelle il n'existait pas de réponse. Je ne connais aucun médecin que cela laisse insensible.

Il paraissait si sombre, si abattu que je me suis approchée de lui et que je me suis serrée contre lui. Il m'a fait asseoir sur ses genoux et, pendant un instant, je suis redevenue une enfant. Je sentais contre ma joue le tissu de son gilet, je respirais la faible odeur de cigare dont il est imprégné et, sous cette odeur, celle de l'hôpital, éther et phénol. Comme autrefois… J'ai du mal à définir ce qu'était au juste cet autrefois et quand il a pris fin… Il me semble que c'était pour moi le temps d'avant l'arrivée du comte et de sa cousine, qui ont éloigné papa de moi pour le confiner au salon et au laboratoire, et exercé leur étrange pouvoir sur lui comme sur moi.

– Bonté divine, a-t-il dit en m'écartant avec un sourire, comme tu as grandi ! Tu es beaucoup trop lourde pour mes vieux os !

J'ai senti sur ma joue la douceur soyeuse de sa barbe, et puis il m'a relâchée.

– Le comte est en bonne voie de rétablissement, a-t-il annoncé, penché en avant pour attiser le feu. Il se sent à présent assez robuste pour entreprendre quelques excursions. Il m'a prié de te demander si tu voudrais bien l'accompagner.

– Bien sûr ! (Apparemment, c'était la « surprise » dont le comte m'avait parlé.) Quand ?

– Le jour qui te conviendra. Quand commencent tes vacances ?

– La semaine prochaine.

– Très bien, la semaine prochaine !

– Je croyais qu'il ne pouvait pas sortir en plein jour. Tu m'avais bien dit qu'il ne supportait pas la lumière ?

– Son intolérance semble avoir diminué au cours de sa convalescence. Je lui ai néanmoins recommandé de porter des lunettes à verres fumés pour protéger ses yeux.

– Où irons-nous ? Que ferons-nous ? Je connais mal Londres, et il s'attendra sûrement à ce que…

Je devais paraître vraiment perplexe. Papa a ri :

– Tout est réglé, a-t-il répondu. La comtesse connaît Londres aussi bien que Vienne…

– Oh ! Elle viendra donc avec nous ?

À cette idée, l'excursion a commencé à perdre de son attrait pour moi. J'ai eu du mal à dissimuler ma déception.

– Oui, oui, c'est même elle qui a eu l'idée de cette excursion. Et, a-t-il ajouté en me regardant par-dessus ses doigts joints, j'ai réfléchi ces derniers temps… Tu es maintenant une jeune fille, ma chérie, et tu n'as plus de maman…

– Mais je t'ai toujours…

Il a souri.

– Je ne suis qu'un homme. Que connais-je des arts féminins ? Non, tu as besoin de l'aide et des conseils d'une personne de ton sexe…

– Il y a Mrs. Dover.

Son rire a résonné, profond et musical.

– Si admirable fût-elle à tant d'égards, je ne pense pas que Mrs. Dover soit la personne qui convienne pour former une demoiselle à la vie en société !

– Mais papa ! Je ne veux pas… Quel besoin aurais-je de… ?

Je bafouillais, incapable d'exprimer mes sentiments. Je pressentais qu'il n'était plus question de revenir en arrière, au contraire, et même que davantage de changements m'attendaient. Mais je ne veux pas changer. Pour devenir quoi, d'ailleurs ? Et pourquoi le devrais-je ? Je ne veux pas être « formée à la vie en société ». Quelle société ? Et certainement pas par cette femme. J'ai soutenu le regard de mon père. L'allégresse a disparu du sien, remplacée par une autre expression que je connaissais bien. Elle signifiait qu'il était vain de discuter. C'est le meilleur et le plus tendre des pères mais, dès qu'il a pris une décision, il est inflexible. J'étais pourtant résolue à faire ce que bon me semblerait. J'allais lui répondre quand on a frappé à la porte.

C'était Tom.

– Excusez-moi, monsieur, a-t-il dit, mais un policier voudrait vous voir.

Mon père s'est levé et nous a laissés seuls, Tom et moi.

– Ça va ? m'a demandé Tom. Que se passe-t-il ?

– Rien !

J'ai regretté ce mot dès qu'il a franchi mes lèvres. C'était à mon père et non à Tom que j'en voulais, mais la sécheresse de ma réponse l'a blessé, et la conversation en est restée là. J'avais à peine vu Tom depuis le soir de la transfusion. Il n'y avait pas si longtemps de cela, mais quelque chose semblait avoir changé entre nous. Nous nous conduisions l'un avec l'autre comme deux inconnus qui ne peuvent même pas échanger une plaisanterie. Notre silence tendu s'est prolongé au point qu'aucun d'entre nous ne savait plus comment le rompre. Gauches et gênés, chacun fuyant le regard de l'autre, nous avons écouté la conversation qui nous parvenait à travers la porte entrouverte :

– Je suis désolé de vous déranger, docteur Laidlaw. Je m'appelle Mulholland, sergent Mulholland de la police municipale. C'est au sujet de la fillette qui a été retrouvée dans l'enceinte de votre hôpital…

– Vous menez une enquête ? À ses blessures, j'ai supposé que sa mort était accidentelle…

– C'était le but recherché, selon le médecin légiste. Nous considérons cette mort comme suspecte. Maintenant, monsieur, je ne comprends pas certains éléments de votre rapport. Par exemple, le

terme de « lividité », et celui de « sanguin »… (Le malheureux a presque épelé ce dernier mot.) Que signifient-ils au juste ?

– Ils se réfèrent au sang, ou plutôt, en l'occurrence, à sa rareté, a répondu mon père. Avec de telles blessures, il aurait dû y en avoir plus. J'ai trouvé cela étrange, voilà tout.

– Comment cela pourrait-il s'expliquer ?

– Tout dépend. Ce sang pourrait avoir été tiré d'elle soit sur le lieu du crime, soit là où elle a été retrouvée…

– Nous n'avons presque rien trouvé aux deux endroits. (Le sergent s'est tu un instant.) Je me demandais juste s'il pouvait exister un autre facteur… Vous comprenez, il y a eu d'autres affaires similaires…

– Je crains fort de ne pouvoir vous aider davantage. Je suis médecin. Je me contente de signaler ce que j'ai découvert. Maintenant, si vous voulez bien m'excuser…

– J'ai encore quelques questions à vous poser, docteur, si vous permettez… Je me demandais, a poursuivi Mulholland en s'éclaircissant la gorge, comme le cadavre de cette enfant a été retrouvé dans l'enceinte de votre hôpital et qu'il s'est déjà produit d'autres accidents de même nature dans les parages, et vu la nature de votre établissement…

– Vous pensez qu'il pourrait s'agir de l'un de mes patients ? a demandé mon père d'une voix tendue, car de tels préjugés l'exaspèrent. Les malheureux que je soigne ne constituent un danger que pour eux-mêmes, et l'aile abritant l'asile est parfaitement sûre. Vous pouvez néanmoins l'inspecter si vous le souhaitez. Je peux vous assurer, sergent, que, qui que soit celui qui commet de tels actes, ce n'est pas l'un de mes patients.

– Pourtant…

Quelqu'un a refermé la porte et nous n'avons plus rien entendu.

– Mr. Dover m'a appris que tu seras bientôt en vacances, m'a dit Tom après un instant. Comme j'ai quelques jours de congé à prendre, je me demandais si tu aurais envie que nous passions un peu de temps ensemble ? Nous pourrions…

J'ai élevé la main pour l'interrompre :

– Rien ne me ferait plus plaisir, Tom, mais c'est impossible : papa veut que je tienne compagnie au comte et à sa cousine…

– Je comprends…

Un muscle de sa joue s'est contracté et l'espoir plein d'ardeur qui illuminait son regard a disparu. Combien de fois ai-je espéré de tout mon cœur l'entendre prononcer ces paroles ? Et maintenant qu'il les dit enfin, je suis obligée de refuser. Je ne trouvais pas de mots pour exprimer ce que je ressentais, si bien qu'une fois de plus la conversation s'est enlisée. Marie est entrée à ce moment-là et Tom a pris son arrivée comme prétexte pour sortir.

– Qu'est-ce qui lui prend ? m'a demandé Marie en me versant mon thé.

Elle a ensuite écouté mes explications.

– Ah, les hommes ! s'est-elle exclamée avec un hochement de tête. Ils ne parlent que quand il est trop tard ! Il ne peut s'en prendre qu'à lui-même : quand le chat n'est pas là…

Je lui ai demandé ce qu'elle entendait par là.

– Il n'aurait pas dû vous négliger, pas vrai ? Il ne digère pas que vous passiez tout ce temps avec le comte. Si vous voulez mon avis, c'est parce qu'il est jaloux !

Ellen reposa le journal, car des voix montant du rez-de-chaussée l'avaient interrompue dans sa lecture. L'une d'elles était masculine. Elle crut un instant reconnaître celle d'Andy, mais lorsqu'elle sortit dans le couloir, c'était une voix inconnue, grave, à l'accent étrange. Cet homme semblait remercier sa grand-mère d'elle ne savait quoi.

– Pas du tout, entendit-elle sa grand-mère répondre. Venez quand vous voudrez. Et merci encore de votre aide.

Quand Ellen parvint à l'endroit où l'escalier décrivait une courbe, la porte d'entrée était déjà refermée. Elle ne put qu'entrevoir une haute silhouette en ombre chinoise derrière le verre dépoli.

– C'était qui ? demanda-t-elle.

– Un monsieur que j'ai rencontré près de la porte du cimetière. C'est tellement glissant là-bas que je me suis tordu la cheville, et tous mes achats se sont éparpillés à terre. Je me suis sentie vraiment idiote…

– Tu vas bien ? demanda Ellen en la rejoignant.

– Parfaitement bien, ma chérie. N'en fais pas une montagne. Ne deviens pas angoissée comme ta mère. Ce monsieur m'a aidée à me relever et a porté mes sacs jusqu'ici. Nous avons bavardé un peu en chemin. Il a hérité d'une propriété dans le coin, une vieille maison de famille qui a d'abord été louée et qui s'est peu à peu délabrée. Il pense la faire restaurer et il m'a posé des questions d'ordre historique. Comme notre maison a conservé toutes ses caractéristiques d'origine, je lui ai dit qu'il pourrait passer y jeter un coup d'œil… (Elle regarda sa cheville.) Elle enfle un peu. Je crois que je ferais bien de monter me reposer.

– Tu veux du thé ? Je vais ranger les provisions, et je t'en apporte une tasse.

– Ce serait bien gentil à toi, ma chérie.

– Je vais juste m'habiller d'abord.

– Oh, ce n'est pas la peine…

– Si, j'y tiens, répondit Ellen, Andy doit passer un peu plus tard.

À l'arrivée d'Andy, elle était de nouveau allongée sur son lit. Se lever et prendre soin de sa grand-mère l'avaient vidée de toute énergie.

– Salut, c'est seulement moi, dit-il.

Il portait un dossier rempli de documents.

– C'est ta doc sur les vampires ?

– Ouais.

– Eh bien, voyons ça de plus près.

– Tu n'as pas chaud ici ? demanda Andy. (Il lui tendit le dossier et ôta son manteau.) Moi, je cuis.

– Ouvre la fenêtre si tu veux. C'est ma grand-mère : comme elle est frileuse, elle pousse toujours le thermostat à fond.

Andy alla entrouvrir la fenêtre à glissière. Il jeta un coup d'œil au cimetière, qui avait une allure moins lugubre : le givre l'avait comme enjolivé et il paraissait couvert de sucre candi. Pourtant, sous cette surface scintillante, il demeurait sombre et sinistre.

– Où sont les journaux intimes ? demanda-t-il en se retournant.

Depuis leur conversation de la veille, il avait hâte de les voir.

– Oh, les journaux… répondit Ellen sans lever les yeux

des coupures de presse qu'elle parcourait. Ils sont sous le lit. Celui que j'ai lu est au sommet de la pile.

Andy tira le coffre et poussa un sifflement après l'avoir ouvert.

– Il y en a un paquet. Ça devrait t'occuper pour un bout de temps, commenta-t-il.

– Tout à fait le genre d'occupation qui convient à une invalide, répliqua Ellen.

Rejetant ses cheveux en arrière, elle les ramena sur l'une de ses épaules afin qu'ils ne lui tombent pas dans les yeux.

– Mais non, ce n'est pas ce que j'ai voulu dire ! s'exclama Andy.

Il secoua la tête, puis s'agenouilla pour examiner le contenu du coffre. Quoi qu'il pût dire, elle le prendrait mal. Parfois, il était vraiment impossible de parler avec les filles.

– Il n'y a pas que des bouquins là-dedans, reprit-il.

– Je sais, mais je n'ai pas eu le temps de faire le tri.

Andy déplaça l'un des livres et saisit une photographie sertie dans du carton épais.

– C'est sûrement elle…

Le visage qu'il examinait semblait plonger les yeux dans les siens. Les longs cheveux, plus sombres sur la photographie qu'ils ne l'étaient en réalité, presque noirs, tombaient sur l'une des épaules. L'expression était grave, la tête légèrement inclinée en arrière. La bouche, qui ne souriait pas, était ferme et résolue, et le menton à fossette indiquait une certaine obstination. Entre les sourcils élégamment arqués se devinait l'esquisse d'un froncement. Les grands yeux gris et limpides regardaient fixement devant eux, comme pour défier tout observateur.

– Hé, Andy ! (Ellen leva les yeux des coupures de presse et rencontra son regard.) Ce n'est peut-être pas un hasard, je veux dire, regarde les dates. Ces récits, ces apparitions sont comme cycliques. Et toutes ont lieu au même endroit, dans la même partie du cimetière. Cette grande silhouette sombre et toutes les autres... Qu'est-ce qu'il y a ? Qu'est-ce qui ne va pas ?

Il la dévisageait comme il l'aurait fait avec une inconnue.

Son léger froncement de sourcils complétait la ressemblance. La main d'Andy qui tenait la photo se crispa, creusant un pli dans le carton. Il regardait Ellen, puis la photo, puis Ellen de nouveau afin de s'assurer qu'il ne se trompait pas. C'était vraiment troublant. Son sourire s'effaça et son estomac se contracta. Bien que la température de la pièce fût maintenant plutôt fraîche, la sueur perla de nouveau à son front.

– Est-ce qu'elle me ressemble ? demanda Ellen en plaisantant à demi.

– Non, elle ne te ressemble pas, répondit-il. C'est tout ton portait, Ellen.

Chapitre 9

Andy promit de revenir le soir même. Il se rendait bien compte qu'il était exclu de sortir. Ellen avait beau jouer la comédie de son mieux, son état sautait aux yeux. Il promit donc d'apporter de quoi passer la soirée à la maison.

Il arriva vers huit heures, chargé de cassettes vidéo et d'un grand sac de sport.

– J'ai deux sortes de pop-corn, deux bouteilles de Coca et de la glace pour l'entracte, annonça-t-il. Je ne savais pas ce que tu aimais comme glace, alors j'en ai pris une simple et une avec des noisettes et d'autres petits bouts de trucs. Ça ira ?

Il paraissait si inquiet qu'Ellen éclata de rire, et il sourit à son tour. Elle riait si rarement ces temps-ci que son rire rendait un son étrange, y compris à ses propres oreilles. C'était un véritable soulagement d'être avec quelqu'un qui ne se montrait pas toujours sérieux.

– Qu'est-ce que tu as comme films ?

– Du sérieux et du solide : *Entretiens avec un vampire* et *Dracula*, répondit-il.

La grand-mère d'Ellen frissonna :

– Je ne comprends pas pourquoi les jeunes gens comme vous regardent des films pareils. (Elle se leva.) Je vous laisse. Donnez-moi la glace : il vaut mieux la mettre au congélateur avant qu'elle soit complètement fondue. Bonne nuit. Je vais écrire quelques lettres avant de me coucher.

– Bonne nuit, mamie.

– Bonne nuit, Mrs. Baxter.

– N'oubliez pas qu'Ellen est souffrante, recommanda-t-elle à Andy. Ne la faites pas veiller trop tard.

– Non, je vous le promets… J'ai lu le journal, dit-il à Ellen après le départ de sa grand-mère.

– Qu'est-ce que tu en penses ?

– J'aimerais lire le volume suivant, quand tu l'auras fini. Ça paraît incroyable… mais si on réfléchit à ce qu'on raconte là-dedans, fit-il en montrant les coupures de presse étalées sur la table, si on confronte les deux…

– Exactement, répondit Ellen, et elle se pencha en avant pour discuter avec lui. Mais tu ne crois quand même pas que ce genre de choses pourraient arriver aujourd'hui ? Je veux dire, j'ai lu tout ça… et puis j'habite juste à côté du cimetière… Alors ça commence à me fiche la frousse.

– Tout ce qui est consigné dans ce journal est très ancien, répondit Andy, et il posa la main sur son épaule pour la rassurer. Et tout ce qu'on a observé plus récemment est arrivé seulement à l'extérieur, et de nuit. Tu ne vas pas te balader dans le cimetière après le coucher du soleil, non ?

– Et s'ils pouvaient entrer chez nous ? Regarde ce qui est arrivé à cette fille…

Elle ouvrit le dossier pour lui montrer une photo de la gazette locale. La fille en question avait de longs cheveux avec une raie au milieu à la mode des années soixante. Assise sur un lit, elle regardait droit vers l'objectif tandis qu'une main brandissait un crucifix devant elle.

L'article était intitulé : *Une jeune vampire raconte son calvaire.*

Ellen frissonna. Elle avait lu l'article. Elle avait lu tous les articles plusieurs fois et, à présent, elle regrettait d'avoir jeté les yeux sur la collection de coupures de presse. Le journal intime, c'était une chose : même si ce qu'il relatait était authentique, plus d'un siècle la séparait de ces événements. En revanche, les articles de journaux les faisaient paraître bien plus réels. À votre porte, au sens littéral du terme.

– Regardons les choses en face, dit-elle en feuilletant les coupures. Ils n'ont pas besoin d'aller loin.

Andy secoua la tête :

– Ils ne peuvent entrer dans une maison que s'ils y sont invités. Les vampires ne peuvent pas franchir un seuil sans avoir été invités à le faire.

– Comment le sais-tu ?

– Je l'ai lu quelque part. Ou peut-être que je l'ai vu dans un film. Je sais que c'est effrayant, mais il ne faut pas laisser ton imagination prendre le dessus. Tu es sûre de vouloir regarder ces films ? Si ça te rend nerveuse, nous pouvons choisir autre chose.

– Quoi d'autre ? Puisque tu as apporté ces cassettes, nous pouvons aussi bien y jeter un coup d'œil.

Les films avaient perdu la capacité de l'effrayer. C'étaient si évidemment des histoires inventées, dépourvues de toute réalité, qu'elles lui procuraient même un certain apaisement. Elle se laissa aller contre Andy et il parut tout à fait naturel qu'il passe un bras autour d'elle pendant qu'ils partageaient un bol de pop-corn, et qu'elle regarde ensuite le film la tête contre sa poitrine. Contre lui, elle pouvait se détendre et sentir battre son cœur. Sa présence était réconfortante. Elle était heureuse de lui avoir révélé l'existence du journal intime.

Quand Andy annonça l'entracte à la fin du premier film, elle s'endormait. Il alla chercher de la glace et ils partagèrent une deuxième bouteille de Coca. Ellen mangea à la cuillère de la glace aux pralines, puis se rassit pour regarder les bandes-annonces. Soudain, quelque chose de froid glissa à l'intérieur de sa chemise, sur le devant.

– Hé ! Qu'est-ce que tu fais ?

– Ce qu'on fait avec ce genre de glace : on en glisse dans la chemise des gens. J'ai vu ça dans des pubs. Tu ne le savais pas ?

– Très bien, si c'est comme ça… ! déclara Ellen.

Elle remplit sa cuillère et riposta.

– Ellen ! Non !

Edith Baxter sourit en entendant les cris aigus et les gloussements qui s'élevaient du rez-de-chaussée. C'était vraiment bon d'entendre Ellen rire de nouveau. Stella désapprouverait probablement cela, mais elle-même était persuadée que cela ne faisait aucun mal à la jeune fille. Quelle que fût sa maladie, il n'était pas sain de l'isoler de la vie normale. Il fallait la laisser libre de se conduire comme n'importe quelle autre adolescente.

– Il est tard, dit Andy.

Il rembobina la cassette et se dégagea doucement de la tête d'Ellen endormie qui pesait sur son bras.

– Ellen ? (Il repoussa les mèches de cheveux qui lui tombaient sur le visage.) Réveille-toi. Je dois m'en aller.

Elle ouvrit les yeux, eut l'air hagarde l'espace d'un instant, puis regarda droit dans les siens. Il était tout proche d'elle, si proche que son image en devenait floue. Alors sa bouche rencontra la sienne. La cassette finit de se rembobiner avec un déclic. Un programme de télévision démarra et se déroula sans le moindre spectateur. Finalement, ce fut Andy qui s'écarta. Il ouvrit les yeux tout grands comme s'il s'éveillait et sourit :

– Hé, il faut vraiment que j'y aille.

Il se leva et alla récupérer la cassette.

– Je ne sais pas ce que j'ai comme maladie, mais ce n'est pas contagieux, tu sais ? fit Ellen, en lui tendant son manteau.

– Ce n'est pas ça. C'est seulement que si ta grand-mère descend et me trouve encore ici, je serai interdit de séjour à vie et je ne pourrai jamais te revoir…

– Et tu as envie de me revoir ?

Il passa les bras autour d'elle et lui donna un baiser léger et rapide.

– Qu'est-ce que tu crois ? Mais maintenant, il faut que je me sauve. (Il remonta la fermeture de sa veste.) Demain, je me lève aux aurores.

– Quand peut-on se revoir ? Demain ?

– Non, pas demain. Je pars en excursion et je rentrerai très tard. Après-demain ?

– Oui, promis ?

Le chauffage central avait dû s'éteindre. Ellen commençait à frissonner.

– Bonne nuit.

– Bonne nuit, Andy.

Elle le suivit jusqu'à la porte pour le voir partir. Une feuille emportée par le vent franchit le seuil. « Ils ne peuvent pas entrer à moins d'y être invités… » Elle savait que c'était stupide, mais elle posa le pied dessus et la repoussa sur la marche supérieure du porche avant de refermer la porte.

Andy remonta l'allée. Alors que la porte se refermait, il aspira violemment à revoir Ellen et à lui parler. Il n'avait encore jamais rien ressenti de pareil pour une fille. Il avait l'impression d'avoir seulement un pied dans la réalité. Il avait attrapé quelque chose, pas de doute, et quel que fût le mal, il pouvait être fatal. Il souriait à cette pensée en tournant à l'angle de l'allée et de la rue, quand soudain, il heurta quelqu'un de plein fouet.

L'impact lui coupa le souffle.

– Pardon, je ne vous avais pas vu.

– Ne vous excusez pas, c'était entièrement ma faute. Ça va ? (Une main gantée le retint par le bras.) Vous avez l'air secoué.

La voix grave était celle d'un Américain, teintée d'un autre accent.

– Non, tout va bien, répondit Andy. C'est seulement que je ne m'attendais pas…

L'autre devait être resté immobile dans l'ombre de la haute haie. Andy n'avait entendu aucun bruit, y compris celui de pas qui l'aurait averti. Il leva les yeux, mais ne vit presque rien du visage de l'homme sous le large bord de son feutre.

– Si vous en êtes sûr… (Ses dents blanches brillèrent à la lueur du réverbère.) Alors je vous souhaite une bonne nuit.

L'homme toucha le bord de son chapeau, puis s'éloigna. Le trottoir luisait sous une épaisse couche de givre. Peut-être même avait-il un peu neigé. Le bruit de ses talons résonna dans le silence de la rue déserte. Avant de tourner à l'angle, il jeta un bref regard en arrière. Andy baissa les yeux, mais ne vit pas la moindre trace de pas sur la blancheur qui couvrait le sol.

Comme beaucoup de gens âgés, Edith Baxter avait le sommeil léger. Bien qu'elle n'eût aucune idée de ce que c'était, elle savait que quelque chose l'avait réveillée aux premières heures du matin. Elle tâtonna à la recherche de ses lunettes et s'assit dans son lit, à l'affût de tout bruit dans la maison.

Elle n'entendit rien, mais elle ne s'en leva pas moins et passa sa robe de chambre. Le silence régnait, seulement rompu par le battement lointain de l'horloge. Elle longea le couloir et se dirigea vers la chambre d'Ellen.

Là non plus, pas un bruit. La créature perchée sur le lit s'activait silencieusement, arc-boutée sur ses longues pattes pointues pour progresser dans le fouillis de draps et de couvertures froissés. Ses sombres ailes parcheminées comme du cuir étaient repliées sur son dos, minces membranes tendues sur ses doigts arrondis et d'une longueur démesurée, aux articulations aussi sophistiquées que celles d'une main humaine. Ses petits yeux flamboyaient comme de minuscules braises tandis qu'elle s'éloignait du bras de la dormeuse reposant sur la courtepointe. Une entaille à peine visible marquait le dessous très blanc, juste au-dessus de l'emplacement où les veines partaient du poignet en formant un réseau de délicates nervures bleues. C'était cet endroit que la chauve-souris avait choisi pour planter ses incisives aussi acérées que des lames de rasoir, tandis que sa langue rainurée lapait le sang dont la fluidité était assurée par un puissant anticoagulant. Elle s'immobilisa soudain, car elle avait perçu un mouvement, non dans cette pièce, mais ailleurs dans la maison.

Edith Baxter ouvrit la porte et ne sentit rien, sauf le froid. Resserrant sa robe de chambre sur elle, elle se dirigea vers la fenêtre. Elle était à peine entrouverte, mais c'était suffisant : par une nuit pareille, Ellen pouvait attraper la mort. Elle la referma et ajusta le verrou sur la partie supérieure. Juste à cet instant, elle leva les yeux. Quelque chose de noir monta en spirale, tourbillonna comme une feuille entre elle et le réverbère de la rue, et disparut. Ce mouvement étrange et erratique lui rappela celui d'une chauve-souris. Il y en avait des colonies en face, dans le cimetière, mais elle devait se tromper : les chauves-souris hibernent, non ? C'était plus probablement une tache sur l'un de ses verres de lunettes. Elle les ôta pour les examiner. Ils étaient irrémédiablement sales et les essuyer ne ferait qu'aggraver les choses.

Edith Baxter recouvrit le bras de sa petite-fille et releva la courtepointe. Dans l'obscurité, elle ne remarqua pas la légère entaille, ni les minuscules gouttes de sang qui perlaient. Les cheveux de la jeune fille étaient humides, sa peau d'une moiteur fiévreuse. Elle gémit et sa tête pivota sur l'oreiller. Ses yeux remuèrent rapidement sous ses paupières, mais elle ne se réveilla pas. Elle était loin dans le temps et dans l'espace, plongée dans un rêve où elle était devenue l'autre Ellen.

DEUXIÈME PARTIE

« Des fruits comme du miel au palais,
Mais comme du poison pour le sang. »

Goblin Market, de Christina Rossetti

Chapitre 10

Elle eut d'abord la sensation déroutante d'être deux personnes à la fois mais, au bout d'un moment, les deux ne firent plus qu'une et le monde de l'autre Ellen devint le sien.

Quand elle ouvrit les yeux, elle vit qu'elle était dans une longue salle au plafond élevé, avec de petites fenêtres en hauteur. Des planisphères étaient affichés sur les murs et la lumière de lampes à gaz chassait les ténèbres de la pièce. Une grande femme essuyait un tableau noir adossé à un chevalet. Le claquement de couvercles de pupitres que l'on refermait indiquait la fin de la journée. Sans un mot, les filles s'alignèrent en rangs pour sortir de classe et Ellen suivit le mouvement.

Dehors, dans le long couloir crème et chocolat, les bavardages enflèrent car les filles s'étaient mises à discuter de leurs projets pour les jours à venir. Ellen alla chercher son manteau et son chapeau sans parler à personne, et personne ne lui adressa la parole.

Tom l'attendait devant le portail de l'école :

– Ellen !

Il s'écarta de la grille en fer forgé à laquelle il était adossé, les bras croisés. Il était grand et bien plus séduisant que dans la description du journal. Ellen se demanda pourquoi il était là, car il y avait longtemps qu'elle ne l'avait plus rencontré sur le chemin de la maison.

Il n'était pas seul. À son habillement, Ellen devina que son compagnon était Caspar, l'étudiant hongrois qui travaillait de nuit à l'hôpital avec lui. Ses cheveux noirs bouclés tombaient sur le col de son manteau rouille râpé. Bien qu'assez propre, sa chemise était élimée et beaucoup trop grande. Ses manches couvraient les jointures de ses mains, et le col trop large flottait autour de son cou. C'était probablement une vieille chemise de Tom. Physiquement, Caspar et lui étaient comme le jour et la nuit. La peau mate, l'air grave, Caspar arrivait à peine à l'épaule de Tom. À la vue d'Ellen, il fit un pas en avant, s'inclina puis claqua des talons.

– Bonjour, dit-elle, que faites-vous donc ici tous les deux ?

– Il y a eu un crime vraiment horrible, répondit Caspar sans laisser à Tom le temps de prendre la parole. (Il parlait rapidement, dans un anglais haché, avec un fort accent étranger.) La nuit dernière, à l'hôpital, une femme qu'on a amenée, reprit-il. C'était une femme des rues…

– C'était un accident, intervint Tom à la hâte, mais ton père était inquiet pour ta sécurité.

– Elle était toute déchiquetée autour du cou, et là aussi, reprit Caspar en indiquant d'un geste sa poitrine et son cou, comme si elle avait été égorgée par une bête affamée.

(Il se signa.) Si ce n'était pas ici, à Londres, en Angleterre, je dirais que c'était l'œuvre de…

– C'était une agression particulièrement féroce, l'interrompit Tom, c'est pourquoi le docteur Laidlaw m'a demandé de t'attendre à la sortie de l'école. Tu es prête ?

Alors qu'il prenait le sac contenant ses livres de classe, Ellen décela en lui une réticence, une gêne vis-à-vis d'elle, probablement liées à leur conversation de l'autre soir, et la présence de Caspar n'arrangeait rien. Ils marchèrent sans parler pendant un moment, les deux hommes la précédant de peu, mais Caspar ne garda pas longtemps le silence. Ses grands yeux bruns étincelaient dans son visage mince tandis qu'il expliquait laborieusement une théorie compliquée à Tom. Il gesticulait, les mouvements de ses mains et de ses bras suppléant aux mots qui lui manquaient. Lorsqu'ils arrivèrent devant chez elle, Ellen se surprit à les inviter pour le thé. Tom lui répondit en lui remettant ses livres qu'il avait d'autres engagements. Caspar parut déçu, mais prit également congé d'elle.

– Nous vous attendrons demain et tous les jours suivants pour veiller à votre sécurité, miss Ellen, déclara-t-il, et il claqua de nouveau des talons après un profond salut.

– Miss Ellen est en vacances, annonça Tom, qui la toisait avec un sourire sardonique. Elle n'aura donc pas besoin de nos services dans les jours à venir. Du reste, elle aura d'autres compagnons que nous, n'est-ce pas, miss Ellen ?

Caspar haussa les épaules, car il ne comprenait rien aux sarcasmes de Tom, mais Ellen en fut blessée. Elle rentra dans la maison en claquant la porte.

La cuisine embuée de vapeur sentait la pâtisserie toute chaude.

Mrs. Dover versait du thé à la cuisinière et à Marie. Ellen alla prendre une tasse et une soucoupe dans le placard, se servit une tranche de cake aux fruits et s'assit à côté d'elles.

La conversation roulait sur le crime tout récent :

– Deux cochers l'ont retrouvée dans Webb's Row, devant des grilles. Elle était encore chaude, comme s'ils avaient dérangé l'assassin, mais il n'y avait personne en vue dans les parages…

– Mais c'est impossible de se cacher là-bas ! s'exclama Marie.

– Il y a des entrepôts des deux côtés de la rue…

– Quand l'agent de police est arrivé, poursuivit la cuisinière comme si personne ne l'avait interrompue, il a juré être passé par là moins d'une demi-heure auparavant. Et surtout, il n'a pas trouvé de sang sur place, pas une goutte, alors qu'avec les blessures qu'elle avait, il aurait dû ruisseler sur le pavé…

Comme cela arrive parfois en rêve, la cuisine illuminée s'estompe pour être remplacée par une rue faiblement éclairée. De hauts bâtiments aux fenêtres semblables à des yeux vides s'élèvent des deux côtés. Une femme seule marche, illuminée à brefs intervalles par des réverbères trop espacés. Elle apparaît pour disparaître aussitôt. Elle entre à présent dans une zone obscure qui est plus absence de lumière qu'ombre, mais elle n'en ressort pas. Il n'y a pas un bruit, seulement l'éclair d'un mouvement, une éclosion de pourpre, et soudain, comme par la mise au point d'un objectif photographique, une image se précise. Des grilles lugubres apparaissent et, à leur pied, informe et inerte comme un tas de chiffons, quelque chose gît sur le sol.

Ellen s'éveilla en sursaut, s'efforça de chasser le souvenir de ce rêve, mais la dernière image persistait tandis qu'elle ouvrait les yeux, puis les refermait. Noir sur blanc comme dans un flash photographique, blanc sur noir comme sur un négatif. Elle alluma et jeta un coup d'œil au réveil posé sur la table de chevet. Ses chiffres lumineux rouges indiquaient quatre heures quarante-trois. Encore de longues heures à attendre avant le matin.

Elle se rallongea sans éteindre, car elle n'avait pas la moindre envie de retourner sur les lieux de son dernier rêve. Pendant un instant, elle essaya de l'oublier, puis elle se rendormit. Cet instant de veille suffit à dissiper le cauchemar pour le remplacer par une autre vision toute différente.

Le mouvement de la voiture était bizarre, car elle tanguait, plongeait et s'arrêtait avant de repartir. Il n'était jamais venu à l'idée d'Ellen qu'il pût y avoir des encombrements dans les rues de la Londres victorienne. Le comte était assis à côté d'elle, silencieux, les yeux dissimulés derrière des lunettes aux verres fumés. La description du journal intime était un peu en dessous de la vérité : il était d'une beauté surprenante. Il y avait cependant un détail que le journal n'avait pas mentionné : le calme menaçant qui émanait de lui. Il parlait peu, mais quand il parlait, son accent rappelait celui de Caspar, bien qu'en beaucoup moins fort. La comtesse était assise en face d'eux. C'était une grande et robuste femme, très élégamment vêtue de soie et de fourrures. Elle évoquait à Ellen une chanteuse d'opéra d'autrefois. Sa voix sonore et grave commentait avec enthousiasme leur journée d'achats. En se retournant, Ellen vit que l'arrière de la voiture était rempli de paquets qui lui étaient tous destinés.

Elle avait de nouveau la sensation d'être deux personnes à la fois, et il lui semblait que les émotions de l'autre Ellen se communiquaient aussitôt à elle. Toute cette excursion, les achats, les articles eux-mêmes, les magasins l'avaient laissée insatisfaite, en proie à une vague tristesse.

Au début, elle avait été éblouie par le West End, les grands magasins flambant neufs aux immenses baies vitrées et aux interminables comptoirs. Les vendeuses s'étaient montrées charmantes et l'avaient mise à l'aise, ne reculant devant rien pour lui faire plaisir. Tous ses désirs avaient été comblés mais, quand elle avait su le prix des articles, la griserie de la nouveauté s'était muée en stupeur :

– Comtesse, avait-elle chuchoté précipitamment, je suis désolée, mais je ne peux accepter…

La comtesse s'était tournée vers elle avec un froncement de sourcils perplexe, et puis son front ivoirin s'était éclairci et elle avait éclaté d'un rire qui résonnait dans la salle d'essayage :

– Vous croyez que je paie tout cela ? avait-elle demandé en soulevant à bout de bras l'étoffe soyeuse d'une robe de bal. Non, chère petite, et pourtant je le ferais avec grand plaisir ! Non, je suis ici seulement pour vous conseiller. Tout doit être réglé par Anton, il a bien insisté là-dessus. (Elle avait de nouveau ri, moins fort cette fois-ci.) C'est si typiquement anglais, si correct ! Ne vous inquiétez donc pas, c'est votre père qui paie…

À cette inquiétude avait aussitôt succédé une autre : quel besoin avait-elle de tous ces vêtements ? On aurait pu croire qu'on lui constituait un trousseau. Et pourquoi tant de tenues de soirée ? Gants, sacs, manteaux, étoles… Où diable allait-elle porter tout cela ? À mesure que la journée passait, son anxiété croissait, gâchant tout son plaisir.

La comtesse était observatrice. Elle avait su exactement quand Ellen en avait eu assez. Elle les avait alors entraînés dans un salon de thé niché en retrait de l'une des grandes avenues. L'intérieur n'était qu'argent et verre sur fond sombre et lustré d'ébène poli. Des serveurs, en tablier immaculé sur complet noir, apportaient des pâtisseries en sucre compliquées à des dames aussi élégantes que les gâteaux qu'elles consommaient. Des hommes fringants et sophistiqués, dissimulés derrière des journaux, buvaient du café noir dans de petites tasses en porcelaine.

Ellen eut droit à une énorme portion de ce qui ressemblait à une forêt-noire, mais comprit dès la première bouchée qu'elle n'avait encore jamais rien goûté de semblable. C'était si léger que cela semblait fondre sous la langue, mais la saveur était riche et complexe. Elle prit plaisir aux premières cuillerées avant d'éprouver une sensation d'écœurement et de satiété. Elle regretta alors de ne pas avoir commandé quelque chose de plus simple, comme un scone beurré ou une tranche de cake.

La comtesse n'avait pas de telles préoccupations. Elle dévora avec avidité tout un assortiment de pâtisseries élaborées. Quand elle eut terminé, elle se tamponna délicatement le coin des lèvres et s'adressa à leurs deux autres compagnons, qui n'avaient rien mangé :

– Fransz, où est passé ton appétit ? Et vous, Grace, dit-elle à la jeune femme assise en face d'Ellen, il faut manger, sinon vous allez dépérir…

Grace Wickham, la demoiselle de compagnie de la comtesse, avait un peu plus de vingt ans. Elle était très jolie, et beaucoup d'hommes dans le salon la regardaient à la dérobée, mais trop mince et très pâle. Avec ses cheveux blonds et ses yeux d'un bleu transparent, elle était presque évanescente. Le rouge qui fardait ses joues et ses lèvres ne faisait que souligner sa pâleur.

– Je me sens très bien, comtesse, ne vous inquiétez pas pour moi, répondit-elle.

– Oh, mais si, je m'inquiète, figurez-vous, ronronna la comtesse et, se penchant vers elle, elle lui effleura la joue.

C'était un geste affectueux mais, bien que la jeune femme eût pris soin de le dissimuler, Ellen l'avait vue tressaillir légèrement et avait reconnu l'expression de ses yeux. C'était la répulsion qu'elle-même ressentait sous les caresses de la comtesse. Il y avait encore autre chose, que le dilatement de ses pupilles ne pouvait dissimuler : de la frayeur. La main frêle de la jeune femme se referma convulsivement et ses jointures blanchirent tandis que la comtesse lui chuchotait quelque chose à l'oreille. Ses ongles s'enfoncèrent dans sa peau jusqu'au sang. Quand elle reposa sa serviette froissée sur la table, Ellen vit de minuscules croissants rouges dans les plis du lin blanc.

Chapitre 11

Quand Ellen s'éveilla le lendemain matin, elle se souvenait encore nettement de son rêve. Elle tendit immédiatement la main vers le journal, l'ouvrit à la dernière page qu'elle avait lue la veille et marquée avec une carte, et le feuilleta jusqu'au moment où elle retrouva le nom de Grace Wickham. Elle le parcourut alors en faisant des allers-retours. Il était impossible de s'y méprendre : elle avait rêvé ce qu'elle n'avait pas encore lu. Elle se rallongea et réfléchit en contemplant le plafond. Qu'est-ce que cela pouvait bien signifier ? On aurait cru une histoire sortie tout droit d'une rubrique de magazine dans le genre *Strange but True*[5].

La sensation d'étrangeté ne la quittait pas, mais bientôt elle se rendit compte que certains symptômes étaient purement physiques. Son mal de gorge avait empiré. Avaler était douloureux, ses cheveux étaient collés sur son front et elle était couverte d'une légère transpiration.

5. Rubrique de journaux de la presse populaire britannique relatant des événements insolites.

Elle se traîna jusqu'à la salle de bains. Un simple coup d'œil dans le miroir la renseigna : ses ganglions étaient très enflés. Elle avait une tête de panda.

Après avoir pris une douche et passé un nouveau pyjama, elle se sentit un peu mieux, mais elle décida de garder le lit le reste de la journée. Peut-être que si elle se reposait un peu, son mal s'en irait comme il était venu. Elle savait au fond d'elle-même qu'il n'en serait rien, mais elle craignait par-dessus tout que sa grand-mère se rende compte à quel point elle était malade et appelle le médecin ou, pire, sa mère. C'était ce qu'il fallait éviter à tout prix. Sa mère en ferait toute une histoire et insisterait pour qu'on l'envoie en observation à l'hôpital. Alors elle ne reverrait plus Andy et ne saurait probablement jamais ce qui était arrivé à Ellen.

27 février 1878

J'écris au lit avant de m'habiller. Alors qu'au départ ce journal devait remplir mes heures creuses, il m'est de plus en plus difficile de trouver un moment pour l'écrire. J'ai l'impression d'avoir de moins en moins de temps libre.

Un autre après-midi d'emplettes est prévu, cette fois-ci sans le comte, car nous allons acheter le genre d'articles auxquels un gentleman n'est pas censé s'intéresser. Loin de diminuer, mon appréhension ne fait que croître. Pourquoi tous ces vêtements ? Pourquoi me constituer une nouvelle garde-robe, jupons et lingerie compris ? J'ai le pressentiment que quelque chose se prépare à mon insu, mais papa se montre évasif quand je l'interroge. Je me fais également du souci pour Grace. Nous avons presque le même âge et j'aime sa compagnie. Je la connais seulement depuis quelques jours, mais je crois que nous sommes devenues amies. Elle est spirituelle et j'ai beaucoup à apprendre d'elle. Elle a une connaissance du monde qui me fait défaut. Toutefois, sa santé est fragile et elle a la comtesse en horreur. Pourquoi reste-t-elle donc à son service ? Je crois que, d'une manière ou d'une autre, tous ces éléments sont liés. Je suis bien décidée à lui en parler… c'est-à-dire si la comtesse veut bien nous laisser seules cinq minutes !

28 février 1878

J'ai réussi à parler avec Grace seule à seule, et ce qu'elle m'a dit n'a fait que m'inquiéter davantage ! Après une demi-journée fastidieuse d'essayages et d'agitation, la comtesse nous a laissées sur Regent Street pour se rendre dans un nouveau magasin, à la recherche d'un nouvel article sans lequel, apparemment, elle ne saurait survivre. Nous nous tenions en face de Burlington Arcade où nous savourions le soleil, premier signe de printemps au cœur de cet hiver, quand je lui ai posé la question sans détour :

– Si vous la détestez tant, pourquoi restez-vous avec elle ?

Elle regardait fixement l'autre côté de la rue, et c'est avec un rire sans joie qu'elle m'a répondu :

– Parce que je ne veux pas finir comme elles.

J'ai suivi son regard, sans remarquer rien de particulier, en dehors du flot de passants : gentlemen flâneurs, employés, fonctionnaires, acheteuses et vendeuses…

– Je ne vois pas de qui vous parlez…

– Regardez encore.

Deux femmes habillées comme nous attendaient des deux côtés de l'entrée de Burlington Arcade, aussi immobiles que des statues dans le courant de la foule. L'une faisait tourner son ombrelle, l'autre consultait sa montre.

– Ce sont des prostituées, a déclaré Grace.

J'ai tenté de dissimuler ma stupeur et, je dois l'avouer, examiné ces femmes avec un intérêt accru.

– Comment le savez-vous ? ai-je demandé.

Grace a haussé les épaules et souri :

– Je le sais, c'est tout. Observez-les donc.

Au même moment, un homme a abordé la plus grande des deux en touchant le bord de son chapeau et, après quelques minutes de conversation, ils sont partis ensemble. Puis, un instant plus tard, la même scène s'est reproduite avec l'autre.

– En êtes-vous vraiment sûre ? ai-je de nouveau demandé à Grace. Peut-être attendaient-elles seulement ces hommes…

– J'en suis certaine. (Grace s'est détournée pour examiner le contenu d'une vitrine derrière elle.) Et si la comtesse tarde davantage, ce sera notre tour d'être abordées.

– Je ne comprends toujours pas pourquoi cela devrait vous arriver…

– Vraiment ? Très bien, je vais vous expliquer pourquoi. Je n'ai ni famille, ni amis, ni d'autre argent que celui que je gagne. Si je perds ma situation, je perds tout. Pour retrouver une place, j'ai besoin de références. Et elle sait… certaines choses sur mon compte. J'ai eu de la chance de décrocher cet emploi. Si je la quitte, elle fera en sorte que je ne puisse pas en trouver d'autre. Alors je finirai comme ces deux-là… si j'ai de la chance. Sinon… a-t-elle ajouté avec un léger

haussement d'épaules, je devrai arpenter les rues de Whitechapel afin de pouvoir dormir dans un lit. Je suis toujours mieux avec elle, quel que soit le déplaisir que j'en éprouve, a-t-elle conclu en resserrant autour d'elle son haut col comme si elle avait soudain froid. Mais vous… c'est différent. (Elle me considérait de ses yeux pâles, l'air implorant.) Ces gens sont dangereux et corrompus. Il faut prendre vos distances avec eux. Dites à votre père… (Elle a posé ses mains gantées sur mes épaules.) Écoutez-moi bien, Ellen. Ne vous impliquez pas davantage si vous pouvez l'éviter…

Sans me laisser le temps de lui demander des éclaircissements, la comtesse a surgi et nous a entraînées vers notre prochaine destination. Les paroles de Grace, le désespoir qui se lisait dans ses yeux me troublaient tant que je n'ai guère pris plaisir à notre expédition. La comtesse semblait avoir deviné qu'il s'était passé quelque chose entre nous, car elle a pris soin de ne plus nous laisser seules. Comme Grace, je n'ai aucune confiance en elle, mais que puis-je faire ? Papa ne m'écouterait pas, j'en suis certaine, et je suis bien obligée de lui obéir. La comtesse est une ancienne et très chère amie de la famille. Son cousin est l'hôte de mon père. Nous avons une dette envers eux et, surtout, il est le patient de mon père. Je suis donc aussi étroitement liée à eux par le devoir que Grace l'est par la dépendance.

Ellen tourna la page. La suivante était vierge, de même que celle qui suivait. Venait ensuite un court paragraphe non daté :

Ces crimes atroces continuent. On a retrouvé le corps d'une autre femme, ce qui en fait trois en tout. La cuisinière et Marie ne parlent pratiquement de rien d'autre. Elles dévorent la Gazette policière *et glanent les moindres bribes d'informations venant de la rue, à la grande désapprobation de Mrs. Dover.*

Ellen tourna d'autres pages. Le journal reprenait. L'écriture était plus hâtive, plus désordonnée que dans tout ce qu'elle avait pu lire auparavant. Le changement de ton la frappa dès le premier paragraphe.

Mars 1878

Je n'ai rien à me reprocher. Je n'ai rien fait de mal, alors pourquoi ai-je l'impression que si ? Si j'ai participé à une machination, c'était en toute innocence, alors comment se fait-il que je me sente inquiète et coupable ?

Hier soir, je devais sortir avec le comte, sa cousine, et Grace, bien sûr, pour aller au théâtre et souper ensuite. Papa pense que je suis en âge de sortir, et c'était l'occasion de porter mes nouveaux atours. Marie m'a aidée à me préparer et, quand elle a eu fini, c'est à peine si je me suis reconnue. Marie elle-même a arrêté de jacasser pour déclarer que j'étais une vraie beauté et que j'allais sûrement tourner la tête à tous les dandys. Elle a conclu que, pour sa part, elle ne sortirait le soir pour rien au monde et qu'elle ne se sentirait pas tranquille avant mon retour, mais qu'elle espérait que je m'amuserais bien.

À ma vue, le comte a paru enchanté et il m'a complimentée sur mon apparence. En revanche, papa a pâli et n'a fait que me dévisager en silence. Quand il m'a aidée à monter en voiture, sa main tremblait. C'est à peine s'il nous a dit bonsoir. Je croyais qu'il nous regarderait partir, mais il est aussitôt rentré en refermant la porte derrière lui.

– Ne le jugez pas trop sévèrement, m'a dit le comte alors que le cocher fouettait les chevaux. C'est toujours difficile pour un père de voir sa fille grandir.

En chemin, il m'a annoncé que la soirée ne se déroulerait pas comme prévu : nous ne retrouverions pas la comtesse, qui s'était décommandée à la dernière minute. J'aurais alors dû insister pour être immédiatement ramenée chez moi. Papa n'accepterait jamais que je sorte avec le comte sans chaperon. Mais je n'ai rien dit et j'ai laissé la voiture poursuivre son chemin. C'est alors que la soirée a commencé à prendre une étrange tournure.

Je dois avouer qu'à ce moment-là, je n'étais pas de cet avis. Être avec le comte, non enfermée dans son appartement, mais dehors, la nuit, avec tout Londres étendu devant nous, me donnait l'impression d'être adulte et sophistiquée. Je n'avais encore jamais rien éprouvé de semblable. Et de savoir que c'était interdit ne faisait que rendre cette sensation plus excitante.

Nous ne sommes pas allés au théâtre, mais au music-hall, dans un théâtre de variétés qui offrait des distractions d'un tout autre genre. Le comte avait réservé un box, comme s'il avait organisé la soirée d'avance. De là, je pouvais tout voir. Le théâtre pourpre et or était illuminé par des chandeliers de cristal. Les sièges s'élevaient en gradins, les balcons en rangées, et nous dominions une mer de têtes où se mêlaient des gens de rangs et de conditions les plus divers. Quand les lumières se sont éteintes, la scène s'est éclairée et les bavardages se sont tus ; alors l'espace exigu de la scène est devenu le point de mire de l'assistance.

Au début, tout m'a paru déconcertant, différent de tout ce que j'avais pu voir jusqu'ici : certains des acteurs étaient des hommes déguisés en femmes, d'autres des femmes travesties en hommes. Le public apostrophait ses artistes favoris, reprenait les refrains et hurlait des couplets sans même laisser à la personne sur scène le temps d'ouvrir la bouche. Je ne comprenais pas toujours ce qui se disait, mais je connaissais certaines chansons, que Marie m'avait apprises, et j'ai bientôt pris part aux rires bruyants et aux applaudissements frénétiques qui se succédaient d'acte en acte.

Je m'amusais tellement que j'aurais voulu que cela ne finisse jamais, mais quand les lumières se sont rallumées, nous sommes sortis avec le reste de l'assistance. Dehors, la rue était noire de monde, comme si la soirée ne faisait que commencer. Alors que le comte et moi-même rejoignions la voiture qui nous attendait, j'ai soudain aperçu Caspar, l'ami de Tom, qui se dirigeait vers nous à travers la foule. Je l'ai appelé et je suis sûre qu'il m'a entendue, mais il ne m'a pas répondu ; il nous a seulement dévisagés un instant avant de faire volte-face et de repartir dans la direction opposée. J'ai trouvé cela bizarre, puisque j'avais parlé avec lui l'autre jour, mais ce qui est arrivé ensuite était si étrange, si inattendu que j'ai rapidement oublié cette rencontre.

J'avais cru que nous rentrerions, mais je me trompais. La voiture s'est engagée au milieu de la foule, pour s'arrêter bientôt. Le comte m'a tendu la main pour m'aider à descendre et nous nous sommes retrouvés devant l'un de ces restaurants où l'on peut souper. À la manière dont on a salué le comte, c'était visiblement un habitué. Il est évident qu'il ne passe pas tous les soirs dans son appartement à me faire la conversation ou à jouer aux échecs. On nous a menés à un salon particulier, dans lequel une table était dressée pour deux et illuminée aux chandelles. Une bouteille de champagne rafraîchissait sur de la glace. Le comte m'en a servi un verre. Je l'ai bu trop vite et les bulles ont explosé au fond de mon nez. Il l'a de nouveau rempli.

La table était chargée de plats que je n'avais encore jamais goûtés ou dont je ne connaissais même pas l'existence. Les huîtres doivent être gobées et elles ont un goût de mer. Le caviar est de l'œuf d'esturgeon, m'a expliqué le comte en en beurrant de petits triangles de toasts qu'il portait ensuite à ma bouche. Les œufs noirs étaient luisants et gluants, avec un goût de poisson.

Il m'a parlé de ma mère, de son charme et de sa beauté. Il m'a dit que je la lui rappelais, surtout ce soir.

Le vin avait dû m'enhardir. Je lui ai demandé s'il avait été amoureux d'elle.

– Quel homme ne l'aurait été ? a-t-il répondu avec un sourire. J'étais jeune en ce temps-là, à peine plus qu'un garçon. Croyez-moi, à cet âge, c'est pire que tout, a-t-il ajouté avec un sourire teinté d'amertume, car c'est sans espoir.

Le serveur a débarrassé la table et apporté des fruits, figues et raisins, et une petite carafe. Le comte m'a montré comment manger une figue et il m'a versé dans un verre minuscule le vin doré au goût de fleurs. J'ai toujours trouvé difficile de deviner son âge ; ce soir-là, dans la lueur douce des chandelles, il paraissait aussi jeune que quand il avait fait la connaissance de ma mère. Pendant tout le dîner, il ne m'a pas quittée des yeux. Peut-être était-ce l'effet de la lumière vacillante, mais ils semblaient sans cesse changer de couleur, passer du vert au rouge, puis au fauve.

Ensuite, il m'a invitée à danser. La musique résonnait à l'extérieur du salon et des ombres glissaient derrière le verre opaque des fenêtres. Quand il m'a prise dans ses bras, toute la gaucherie que j'avais toujours éprouvée aux cours de danse m'a quittée. Nous évoluions avec aisance. Je me suis demandé pourquoi il m'avait toujours paru froid. Sa peau était chaude contre la mienne, son haleine brûlante sur ma nuque et mon épaule nue. Le monde extérieur semblait se mouvoir au ralenti, j'étais comme prise de langueur et mes paupières s'abaissaient alors que je n'étais pas du tout fatiguée. J'avais l'impression de me liquéfier, comme si je fondais de l'intérieur.

C'est tout. Il ne s'est rien passé de plus. Nous ne nous sommes pas touchés autrement qu'en dansant, ni embrassés, je peux le jurer. Nous n'avons rien fait d'inconvenant, alors pourquoi ai-je l'impression que si ? À vrai dire – mais personne d'autre que moi ne devra jamais lire ce journal –, je me sens désorientée et comme déchirée intérieurement. Je sais que j'ai agi de manière irréfléchie, à tout le moins, mais quand je me souviens de cette soirée, de ses yeux et de la lueur des chandelles, je sais que je me conduirais de la même manière si c'était à refaire, dussé-je mentir pour cela. En ce moment même, je dois prendre sur moi pour ne pas le rejoindre et le supplier de m'emmener.

Ellen se sentit soudain éreintée et excédée vis-à-vis de celle qui avait écrit ces lignes. Pourquoi tant d'embarras ? Il ne l'avait même pas embrassée ! Elle repoussa le journal, mais, malgré son irritation, le reprit, curieuse de savoir si cette autre Ellen et le comte allaient enfin se décider. Il lui semblait que oui, mais les Anglais de l'époque victorienne ne se conduisaient pas ainsi, n'est-ce pas ? Elle rouvrit le journal à la page qu'elle venait de lire, mais le passage suivant abordait un tout autre sujet. Provisoirement, du moins, tout ce qui avait trait au comte semblait en avoir été banni.

7 mars 1878

En écrivant cette date, je me rends compte que nous sommes au début du premier mois du printemps, mais j'avais l'impression qu'il ne viendrait jamais. Cette journée a été tellement lugubre et brumeuse qu'il était difficile de dire si le jour s'était levé ou non.

Deux nouveaux cadavres ont été découverts. Deux nouvelles femmes assassinées. Cela en fait cinq en deux semaines, un record même dans ce quartier. La fréquence et l'atrocité de ces agressions répandent la terreur dans ces rues dont les habitants ont pourtant l'habitude de la violence et de la férocité. La cuisinière et Marie ont à n'en pas douter été bouleversées par ces crimes, car elles ne parlent plus que de cela, et elles ne sont pas les seules. Les nouvelles se transmettent de maison en maison par le bouche à oreille. Les journaux ne font que confirmer ce que tout le monde sait déjà. Moi-même, je ne peux m'empêcher de me mêler à la conversation quand Marie évoque en détail chacun de ces meurtres. Pourquoi ont-ils lieu dans une zone aussi peuplée ? Ici, les gens vivent entassés dans des maisons pleines à craquer et les rues ne sont jamais vides, de jour comme de nuit. Pourtant, personne n'a jamais entendu le moindre cri de surprise, sans parler d'appel au secours.

– Il les égorge sans leur laisser le temps d'ouvrir la bouche, a dit la cuisinière. Enfin, moi, c'est ce que j'ai entendu dire.

Et les deux femmes de la nuit dernière ? À en croire la rumeur, elles sont mortes à seulement quelques minutes d'intervalle, mais elles ont été retrouvées dans des lieux distants d'au moins un kilomètre et demi à vol d'oiseau.

– Peut-être qu'il sait voler, a chuchoté Marie, l'air plus terrifiée que jamais.

C'en a été trop, même pour notre cuisinière, qui lui a ordonné de se remettre au travail au lieu de divaguer comme une idiote.

8 mars 1878

Pas de crime aujourd'hui, mais la peur et le brouillard persistent. La cuisinière se fait du souci pour sa vieille mère. Elle habite près de l'endroit où l'une des dernières victimes a été retrouvée et elle a si peur qu'elle n'ose même plus sortir. La cuisinière avait prévu de prendre son après-midi « pour s'occuper d'elle et lui apporter quelques affaires ». Elle allait partir quand papa lui a fait dire par l'intermédiaire de Mrs. Dover qu'il présiderait ce soir à domicile une réunion des membres de la Royal Society, qui resteraient pour le dîner.

Quand la cuisinière a voulu envoyer Marie à sa place, tout le monde a vite compris que ce serait impossible. À cette idée, Marie s'est lamentée comme si la cuisinière avait proposé de l'expédier directement dans les griffes du monstre. Mrs. Dover s'y est également opposée, en arguant que, même si Marie pouvait être dispensée de ses tâches, ce dont elle doutait personnellement, elle était trop jeune pour aller là-bas. Marie, qui passe les trois quarts de son temps à éviter Mrs. Dover et le reste à se plaindre d'elle, en est restée éperdue de reconnaissance. En revanche, la cuisinière, qui se hérisse au moindre rappel de l'ancienneté – supérieure à la sienne – de l'intendante, avait l'air prête à lui voler dans les plumes. Pour rétablir la paix, j'ai donc annoncé que j'irais.

Cela a déclenché un véritable concert de protestations. J'ai très raisonnablement fait observer que j'étais aussi âgée que Marie, que les agressions s'étaient toutes produites après la tombée de la nuit, que la mère de notre cuisinière n'habitait pas loin d'ici et que je serais donc rentrée bien avant la nuit. Mrs. Dover a objecté que ce quartier était « mal famé », ce qui lui a valu un regard venimeux de la cuisinière. J'ai répondu que je ne courrais aucun danger là-bas. Personne ne voudrait me faire le moindre mal. Tout le monde me connaît et presque chaque famille de ce quartier a une bonne raison d'être reconnaissante envers mon père. Du reste, Tom était ici aujourd'hui. Je l'avais vu entrer dans le cabinet de mon père un peu plus tôt. Comme en réponse à un signal, Tom a fait irruption dans la cuisine à cet instant. Il s'est aussitôt porté volontaire pour aller seul là-bas, mais la cuisinière craignait que la vue d'un jeune homme inconnu, même médecin, n'effraie encore davantage sa vieille mère. Finalement, il a été convenu que Tom et moi irions ensemble.

– Je voulais justement te voir, m'a-t-il dit dehors. Je te cherchais.

– Eh bien, tu m'as trouvée, ai-je répondu.

Avec un panier au bras et mon manteau, j'avais l'impression d'être le petit chaperon rouge. Le brouillard s'était encore épaissi au cours de la matinée. Il montait du fleuve, se mêlait à la fumée des cheminées et restait suspendu au-dessus de la ville comme un voile de mousseline décolorée. Réverbères et chevaux en surgissaient brusquement dans les rues aussi spectrales et sans relief que des photographies.

– De quoi voulais-tu me parler ? ai-je demandé à Tom.

J'ai rabattu mon capuchon, en partie pour me protéger de la brume froide et gluante, mais aussi parce que je ne voulais pas que Tom puisse lire mes sentiments sur mon visage. Je sais bien que, récemment, c'est moi qui l'ai négligé plutôt que l'inverse. Dans mes pensées les plus secrètes, au fond de mon cœur, il a été lentement effacé et remplacé par le comte.

Tom a commencé à me répondre, mais il s'est soudain tu. J'ai levé les yeux. Nous passions devant le lieu du dernier crime. Comme tout le monde, nous nous sommes arrêtés pour regarder. Hier, cet endroit était si envahi par la foule qu'on avait fait appel à des renforts de police. Aujourd'hui, un seul policier montait la garde dans cet endroit sinistre au-delà de toute expression, où un grand bâtiment venait s'adosser à un autre. Il n'y avait absolument rien à voir. Toutes les taches de sang avaient disparu. L'emplacement où l'on avait retrouvé le corps était encerclé de cordes tendues, mais quelqu'un y avait déposé un bouquet de violettes. Tom s'est signé, ce qui m'a surprise, car je ne le croyais pas catholique. Alors que nous repartions, je lui ai posé la question.

– Non, a-t-il répondu. Je pensais seulement à quelque chose que Caspar m'a dit et cela m'a paru être le geste qui s'imposait.

– Je l'ai vu… l'autre soir… ai-je commencé, mais Tom m'a interrompue :

– Je sais. Il me l'a dit. Que faisais-tu seule avec le comte à la sortie d'un music-hall ? Ton père le sait-il ?

– Oui, ai-je menti.

Je ne voulais pas me disputer avec lui, mais le ton sur lequel il me parlait, grondeur et sévère, m'humiliait.

– Je suppose que tu n'as jamais fréquenté ce genre d'établissement ? ai-je demandé sèchement.

– Si… mais moi, c'est différent. Je suis un homme.

– Oh ! Et en quoi est-ce différent ? Il y avait une quantité de dames là-bas…

– De femmes, peut-être, mais de dames, j'en doute.

Pour quelqu'un de son âge, Tom a des vues désespérément vieux jeu sur les hommes et les femmes. J'allais le lui dire quand il a repris la parole :

– Je me fais du souci, c'est tout. Mais ne nous querellons pas, a-t-il soupiré avec un haussement d'épaules. Si ton père le sait et l'approuve, ce n'est pas à moi de… maintenant moins que jamais.

– Pourquoi maintenant ?

Il était sur le point de répondre quand nous sommes arrivés devant la cour de l'immeuble où habite la mère de notre cuisinière.

– Je te le dirai quand nous aurons fait notre commission, a-t-il déclaré.

– Que voulais-tu me dire, Tom ? ai-je demandé quand nous sommes ressortis.

Il est resté un instant silencieux, comme si ce qu'il avait en tête était particulièrement difficile à formuler.

– Ton père et moi avons eu des… divergences, a-t-il enfin répondu. Je dois finir ma formation à l'hôpital de Londres, mais il ne veut plus être mon tuteur.

– Des divergences ? ai-je dit, si stupéfaite que je ne pouvais que répéter ses paroles comme un perroquet. À quel sujet ?

– Je ne peux pas te le dire. (Il a plongé la main dans sa poche et en a sorti quelque chose.) Caspar m'a demandé de te remettre ceci et de m'assurer que tu le porterais.

J'ai regardé l'objet en question. C'était un crucifix.

– Pourquoi, Dieu du ciel ?

– C'est à cause du comte. Caspar vous a vus ensemble l'autre soir et il l'a reconnu. Quand je lui ai parlé de la famille du comte, il a paru très inquiet. Il l'a désigné par un mot de sa langue, « vampyr »,

qui signifie mort vivant, une sorte de fantôme ou de créature qui attaque d'autres êtres humains pour boire leur sang…

– Quoi ?

Je ne pouvais en croire mes oreilles. Caspar devait avoir perdu la raison et Tom en même temps que lui. Tom le sceptique, que j'avais toujours considéré comme portant bien son nom de Thomas, parlait maintenant de spectres issus de superstitions paysannes et de romans à deux sous, comme s'ils étaient réels et présents parmi nous.

– Comment peux-tu croire à des histoires pareilles ? Tu es un homme de science…

– Caspar aussi, a-t-il répondu. Dans son pays, ces choses sont connues et avérées. On a des preuves matérielles de l'existence de ces… créatures, et il est persuadé que le comte est l'une d'elles. Caspar a de la famille dans le pays natal du comte. Ce que celui-ci t'a raconté ne correspond pas tout à fait à la réalité. Ce pays n'est, sur des kilomètres et des kilomètres, qu'une étendue désolée. Il en est parti à la recherche de nouvelles victimes, de sang neuf… et où pourrait-il mieux en trouver qu'ici ? a-t-il conclu en désignant d'un geste le labyrinthe de rues qui nous entourait.

– Qu'est-ce que tu racontes ? (J'avais l'impression que de l'eau glacée coulait dans mon dos.) Tu veux dire que ces… ces crimes… sont le fait du comte ?

– Je n'en sais rien. C'est ce que pense Caspar mais, pour en être sûrs, il nous faudrait plus de preuves que ce dont nous disposons actuellement.

– Tu parles comme si tu menais une enquête !

J'ai éclaté de rire. Tom et Caspar faisaient une paire de détectives plutôt improbables.

– Arrête ! Ce n'est pas drôle.

– Tu ne trouves pas ? Ça l'est bien plus que tout ce que j'ai vu au music-hall. Je crois que vous divaguez, Caspar et toi.

– Très bien, a fait Tom avec un soupir. Tu n'es pas obligée de me croire. Mais porte-le quand même, a-t-il fait en me tendant le crucifix. Je t'en prie. Fais-le pour nous.

Il paraissait si sincère et si inquiet que je n'ai pu faire autrement qu'accepter. J'ai pris le crucifix, un bel objet visiblement ancien. Le corps en ivoire était magnifiquement sculpté, la croix d'argent lourde et solide. J'ai passé la longue chaîne à mon cou.

– Très bien, ai-je dit. Si ça peut te rassurer.

Mrs. Dover a été heureuse de me voir rentrer saine et sauve, mais le soulagement qui se lisait sur son visage a bientôt été remplacé par une autre expression, que je lui avais vue à plusieurs reprises ces derniers temps : un air intrigué, mécontent même, comme si j'avais fait quelque chose qui l'avait mise en colère. Comme je ne voyais pas ce que cela pouvait être, je lui ai demandé :

– Que se passe-t-il ?

Elle a levé la tête, comme elle fait toujours quand elle désapprouve quelque chose, et répondu que ce n'était pas à elle de le dire et qu'il valait mieux que je le demande à mon père. J'ai répondu que je n'y manquerais pas. Il y a plusieurs questions dont j'aimerais m'entretenir avec lui, en premier lieu la manière dont il a traité le pauvre Tom, mais ses invités viennent juste d'arriver. Mes questions devront donc attendre jusqu'à demain.

Chapitre 12

– Par un temps pareil, tu es mieux au lit, commenta Edith Baxter, qui apportait un plateau-repas à Ellen.

Ellen jeta un coup d'œil par la fenêtre, dont les rideaux encadraient un ciel aussi lugubre que celui qui était décrit dans le journal intime d'Ellen. Elle laissa son plateau intact. Elle n'avait aucun appétit. Sa grand-mère lui avait préparé de la soupe à la tomate et de petits triangles de toasts beurrés. La seule vue de cette nourriture lui donnait la nausée. Elle reposa le plateau à côté du lit et reprit le journal.

9 mars 1878

Ce matin, je suis allée voir papa dès que l'occasion s'est présentée. Je l'ai trouvé au laboratoire, où il préparait des plaquettes pour les examiner au microscope. Il n'aime pas être dérangé quand il travaille et il n'était pas précisément enchanté de me voir, mais j'avais déjà attendu assez lontemps pour lui parler. Je voulais savoir pourquoi il avait traité Tom aussi injustement.

– Il a mis en doute mes compétences de médecin, a-t-il répondu sans même lever les yeux, et porté des accusations dégradantes contre un homme qui est à la fois mon patient et mon hôte.

– C'est du comte que tu parles ?

– Oui. Que t'a raconté Thomas ?

Je lui ai répété ma conversation avec Tom, en omettant le crucifix, puisque papa ignore tout de ma soirée au music-hall.

– Cela me surprend de la part de Tom. (Il s'est levé et il s'est mis à arpenter la pièce.) Cela me stupéfie. Je n'aurais jamais cru cela de lui : je l'aurais plutôt soupçonné de manquer d'imagination. Je l'ai toujours trouvé méticuleux jusqu'à la maniaquerie, et voilà qu'il me demande de croire aux divagations d'un étranger à demi-idiot.

– Mais ce que Caspar a dit… au sujet du comte…

– … n'est qu'un ramassis de billevesées superstitieuses.

– Mais…

– Je ne veux pas entendre un mot de plus ! s'est-il exclamé, la main levée pour m'interrompre. J'ai combattu la superstition toute ma vie. Au cas où tu l'aurais oublié, j'ai été chassé de mon dernier poste par une bande de bigots arriérés, a-t-il fait avec un geste d'exaspération. Il y a vingt ans, on croyait encore que le choléra et la typhoïde étaient provoqués par des humeurs malignes et des miasmes empoisonnés. Maintenant, nous savons qu'ils résultent de germes, de microbes, d'organismes invisibles à l'œil nu, qui se reproduisent dans l'eau. Si nous nous étions accrochés à nos anciennes croyances, les gens mourraient encore par milliers aujourd'hui. Non, a-t-il conclu en secouant la tête, il existe une explication purement scientifique : le comte souffre d'une maladie du sang rare. Viens, je vais te montrer quelque chose. (Il m'a fait signe d'approcher, il a glissé une plaquette sous son microscope et réglé la mise au point.) Regarde. C'est du

sang sain. Regarde ces petites cellules rondes. Ce sont les globules rouges. Vois comme elles sont rondes et concaves.

J'ai acquiescé, il a retiré la plaque et l'a remplacée par une autre.

– Maintenant, voici le sang du comte avant son traitement. Observe bien les rares globules rouges présents. Peux-tu me dire ce qui ne va pas ?

Je le pouvais. Les petits disques étaient très espacés et nullement ronds. Certains étaient ovales, d'autres en forme de faux, et tous de couleur passée.

– Et maintenant, regarde bien : j'ai prélevé ce premier échantillon au début du traitement et cet autre hier.

Il a inséré sous le microscope deux nouvelles plaquettes qui révélaient une remarquable amélioration. La seconde ne différait en rien de l'échantillon de sang sain qu'il m'avait montré un instant auparavant.

– Ainsi que tu peux le voir, c'est une question d'ordre purement médical, comme n'importe quelle autre pathologie, a-t-il affirmé. Je suis heureux de t'annoncer que le comte est en voie de rétablissement complet. Toutes ces histoires de vampires ne sont que de dangereuses sornettes ! Tom est bien la dernière personne que j'aurais crue capable de… (Il m'a regardé et il s'est radouci.) Je sais combien tu es attachée à lui et je n'ai jamais rien fait pour décourager votre amitié. À vrai dire, il y a même eu un temps où j'espérais… mais peut-être cette… rupture est-elle finalement pour le mieux. J'ai quelque chose à t'apprendre, Ellen.

Face à moi, adossé à son établi, il m'a dépeint un avenir dans lequel il n'y avait pas de place pour Tom. À la fin de son discours, j'étais si abasourdie que je n'ai rien trouvé à dire. Il me connaissait néanmoins assez pour ne pas prendre mon silence pour un consentement et il m'a renvoyée dans ma chambre en me demandant de réfléchir. Il veut que je lui donne une réponse demain.

10 mars 1878

J'écris mon journal pour m'occuper l'esprit, pour détourner mes pensées de ce que je vais dire à mon père.

Papa voudrait, ou plutôt a décidé que je repartirais avec le comte et la comtesse sur le continent. C'est la raison pour laquelle il m'a fait acheter tous ces vêtements, cette nouvelle garde-robe. C'est ce qui explique le malaise de Mrs. Dover : elle savait ! Je vais vivre avec eux, voyager avec eux, découvrir le monde. Il estime que c'est pour moi une chance inespérée.

Il est d'avis que son travail à l'hôpital et ses recherches ne lui permettent pas de me consacrer autant de temps qu'il le désirerait. Mais moi, je suis tout à fait satisfaite de mon sort. Je sais qu'il est très occupé, mais je n'ai pas le sentiment qu'il me néglige. Quand je le lui ai dit, il a secoué la tête et répondu que je ne comprenais pas ce qu'il entendait par là. Je grandis et il n'est pas en mesure de me donner l'éducation nécessaire à une jeune fille qui doit entrer dans le monde.

Pendant un instant, j'ai été incapable de saisir le sens de ses paroles. Quel monde ? De quoi parlait-il ? De bals et de débutantes ? Il sait pourtant que ce n'est pas ce que je veux. Je me moque du « monde ». Je veux devenir médecin. Rien d'autre ne m'intéresse, ni maintenant, ni jamais. C'est ce que je désire depuis toujours. Je me suis détournée afin qu'il ne vît pas les larmes qui me brûlaient les yeux et qui resurgissent tandis que j'écris ces lignes. Jusqu'ici, il m'avait toujours encouragée à réaliser mes rêves et mes désirs. J'avais cru qu'il ne voulait que ce que je voulais. J'avais cru que nous étions d'accord sur mon avenir.

Il a remarqué ma réaction, il s'est approché de moi et m'a forcée à le regarder. Je n'avais pas besoin de m'expliquer, il savait très bien la raison de mon affliction et il avait une réponse à cela. Les écoles de médecine de Berne, Paris, Genève et Berlin admettent toutes des femmes. La formation qu'elles donnent est de premier ordre et les travaux qu'on y mène sont nouveaux et passionnants. C'est là que réside l'avenir de la médecine. Comparées à ces villes, Londres et Édimbourg sont des bourgades endormies. S'il en avait le temps, c'est là-bas qu'il irait. C'est une chance extraordinaire, et c'est à moi, son unique enfant, qu'il l'offre.

Je pouvais lire dans son regard que sa décision était prise. Il était sincèrement convaincu d'agir dans mon intérêt. Peu importait donc que je fusse d'accord ou non. Tout débat était vain, toute contestation absurde. C'est à ce moment que je l'ai quitté pour aller me réfugier dans ma chambre.

Une intuition me souffle que ce n'est pas son idée. Pourquoi ? Je n'en sais rien, mais je suis certaine que la comtesse est derrière tout cela. Jamais je ne partirai avec ces gens ! Jamais je ne ferai ce qu'ils veulent, pas même pour papa ! Jamais ! Pour un homme intelligent, il peut parfois se montrer vraiment stupide. Soit il l'est, soit il a été ensorcelé par la comtesse. Quand je pense à la manière dont il la regarde, dont il parle d'elle… Mais non, c'est impossible…

Je dois lever les yeux de mon journal pour allumer la lampe, car j'y vois à peine assez pour écrire. Dehors, le brouillard de Londres s'épaissit à la tombée de la nuit. Il s'est condensé en gouttes plus fines que la pluie sur la fenêtre, et chaque goutte qui roule sur cette vitre est chargée de suie. Seules sont visibles au-dehors les branches noires des arbres qui donnent l'impression qu'elles ne porteront jamais plus de feuilles. Peut-être tout cela n'a-t-il finalement rien à voir avec la comtesse. Peut-être est-il tout simplement mieux sans moi. Pour lui, je représente probablement un souci, une distraction qui l'empêche de se consacrer tout entier à son travail. C'est aussi simple que cela. Ma colère retombe, pour se muer en une tristesse aussi profonde que celle du ciel. Il considère qu'il a pris cette décision pour mon bien mais, en fin de compte, tout ce que nous faisons est dicté par l'égoïsme.

12 mars 1878

Sept heures et demie. Hier, j'étais trop démoralisée pour écrire mon journal. Tout est arrêté. Je dois partir avec eux. Toutes mes objections ont été balayées comme autant de puérilités. À quoi bon vous demander de devenir adulte et responsable, si c'est pour vous traiter en enfant dès que vous refusez d'obéir ?

Plus tard : il fait nuit. Comme ma montre s'est arrêtée, je n'ai aucune idée de l'heure. Je veux écrire ceci tant que c'est encore frais dans ma mémoire. Tom m'a attendue à la sortie de l'école. Nous avons eu une longue conversation. Les agissements de mon père n'ont fait que renforcer sa détermination. Tom m'a parlé de ses sentiments, il m'a dit combien il m'aimait. Toute la distance qui nous séparait depuis peu s'est abolie et je me suis sentie plus proche de lui que jamais. J'ignore comment je vais m'y prendre et comment je pourrai agir contre la volonté de mon père, mais je sais que je ne partirai pas avec le comte et la comtesse. J'ai toujours éprouvé de l'aversion pour elle et, maintenant, tout le temps que j'ai passé avec le comte m'apparaît comme le fruit vénéneux décrit par miss Rossetti[6]*, nectar au palais, mais poison pour l'esprit. Tom et Caspar continuent d'ouvrir l'œil. Leur travail de détective pourrait nous tirer d'affaire. S'ils parviennent à apporter la preuve des agissements du comte, nous pourrons aller voir mon père et il sera bien obligé de nous écouter.*

13 mars 1878

Papa nous emmène à l'Opéra, la comtesse, Grace et moi-même. Le comte est « trop fatigué » pour sortir…

La voiture est arrivée, je viens de l'entendre déboucher de l'allée. Je dois me préparer pour sortir.

J'ai dû me dépêcher, mais je crois que j'étais tout à fait présentable. Pourtant, quand je suis allée saluer la comtesse, elle a eu un mouvement de recul et une grimace de dégoût :

– Oh, non, ma chère, vous ne pouvez pas porter ceci ! s'est-elle exclamée.

Déconcertée, j'ai baissé les yeux sur ma robe, qu'elle avait elle-même choisie, mais ce n'était pas ce qu'elle regardait.

– Ce n'est pas bien. Ce n'est pas… ce qui convient. Anton, je vous en prie… Qu'en pensez-vous ?

Mon père, très beau dans sa tenue de soirée, est venu à son aide.

– Cette… cette chose à son cou… a expliqué la comtesse en prenant soin de ne pas toucher le crucifix.

6. Dans son poème *Goblin Market*, publié en 1862, Christina Rossetti raconte les épreuves de Laura, qui a goûté aux fruits suaves vendus par des esprits malins et en est devenue dépendante. Elle en sera délivrée grâce à l'intervention de sa sœur Lizzie.

Mon père a souri en se caressant la barbe.

– Eh bien, Ellen, que se passe-t-il ? a-t-il demandé, l'air amusé. Te serais-tu par hasard convertie ?

– Non, je…

– Ôtez-le ! J'ai quelque chose qui conviendra mieux, a déclaré la comtesse.

Elle s'est éloignée dans un grand bruissement de satin et de soie. Mon père a haussé les épaules et ôté la croix de mon cou.

– Tenez, c'est pour vous. C'est un cadeau. (La comtesse me tendait une boîte plate au revêtement de cuir.) C'est très ancien, de grande valeur. Anton m'a dit que ce serait bientôt votre anniversaire. (J'ai supporté son baiser, brûlant contre ma joue, de la meilleure grâce que j'ai pu feindre.) Ouvrez-le !

Je me suis exécutée. À l'intérieur, la garniture en satin du couvercle était ornée d'un écusson usé sous lequel on pouvait lire : Saint-Pétersbourg. *Au-dessous, sur un lit de soie noire froissée et élimée par les années, reposait un collier. Il représentait un animal héraldique à demi replié sur lui-même, dardant ses yeux verts et crachant du feu.*

– C'est l'emblème de ma famille, a expliqué la comtesse, qui le passait déjà à mon cou. Venez, je vais vous montrer.

Elle m'a menée au miroir qui surmonte la cheminée et s'est tenue à côté de moi tandis que je m'examinais.

Le collier était assurément splendide et d'un travail admirable, mais il me serrait le cou, ce qui était pour le moins déplaisant. Les pierres, d'un rouge flamboyant dans la lumière des chandelles, étaient curieusement transparentes. On aurait cru qu'elles avaient été imprimées dans ma peau et que les gouttes de sang qui en perlaient dessinaient la forme d'un dragon.

– C'est… très généreux de votre part, comtesse, ai-je commencé, mais j'ai mes propres parures…

– Parures ? a répété la comtesse en faisant rouler ce mot sur sa langue. Vous croyez que c'est une simple parure ? (Son rire sonore et profond a résonné comme une lourde cloche.) Les yeux sont en émeraude, le reste en rubis. Chaque pierre est unique, sans égale. C'est… a-t-elle dit en cherchant le mot juste, un héritage. Depuis plusieurs siècles dans ma famille. Maintenant, je vous le donne…

En entendant ces mots, je me suis sentie encore plus atterrée. Je ne voulais pas posséder d'objet aussi précieux. De plus, je n'aimais pas ce collier. Je n'aimais pas son contact sur ma peau.

– Oh, non, ai-je fait, je ne peux accepter…

– Mais vous le devez. (Son visage était tout proche du mien et ses yeux bleu sombre scintillaient, presque noirs, comme des pierres de jais.) Un refus serait une insulte. Dans mon pays, refuser un cadeau équivaut à rejeter celui qui l'offre. Nous sommes un peuple fier, prompt à s'offenser. (Ce dernier mot avait sifflé entre ses lèvres souriantes.) Alors… ce collier est à vous. Je ne veux pas entendre un mot de plus. Maintenant, venez. Allons retrouver les autres.

À l'Opéra, nous étions assis dans une loge. J'étais placée à côté de Grace, qui était ravissante, d'une pâleur de porcelaine rehaussée par la soie noire de sa robe et le ruban en velours ornant son cou. Elle était si belle que certains des gentlemen assis en face de nous la regardaient plus que la scène. Elle paraissait cependant fébrile et elle s'est agitée sur son siège pendant toute l'ouverture.

– Il faut que je vous parle, m'a-t-elle chuchoté dès que les chants ont été assez forts pour couvrir ses paroles.

Cela a néanmoins été impossible pendant toute la durée du spectacle. Nous n'avons pu nous retrouver qu'au vestiaire.

– Qu'est-ce qui ne va pas? ai-je demandé.

– Il faut vous sauver, échapper à ces gens, m'a-t-elle répondu alors que nous attendions qu'on nous rende la fourrure de la comtesse.

– Nous en avons déjà parlé et je vous ai dit que c'était impossible.

– Il le faut absolument, avant qu'ils ne vous fassent ceci.

Elle a légèrement abaissé le ruban ornant son cou pour me montrer les points rouges de deux vilaines plaies. Je n'en avais encore jamais vu de semblables.

– Allez voir mon père… ai-je dit.

Son rire sec révélant ses dents aiguës m'a interrompue :

– Votre père ne peut plus rien faire pour moi. Mais vous… ne partez pas avec eux, quoi qu'il arrive.

– Mais que puis-je faire ? Tout est décidé.

Je ne lui ai rien dit de mon idée de démasquer le comte, car j'ignorais jusqu'à quel point je pouvais me fier à elle et, comme je m'en suis rendu compte à cet instant, je commençais à me résigner à mon sort. Le plan que j'avais échafaudé avec Tom paraissait irréalisable, même à mes propres yeux.

– Allez voir votre père, a repris Grace. Implorez-le, persuadez-le, faites l'impossible, mais vite ! Vous n'avez plus de temps à perdre. (Ses yeux pâles me regardaient fixement, suppliants, tourmentés.) Il tient visiblement à vous, il se laissera certainement fléchir... S'il savait la vérité sur ces deux-là, il ne vous laisserait jamais partir avec eux, a-t-elle dit avec un frisson. Cela reviendrait à confier un agneau à deux tigres.

– Et vous ?

– Je… je dois les suivre, a répondu Grace.

Son visage a perdu son animation et sa beauté en même temps.

La lumière s'est éteinte de ses yeux, les laissant inexpressifs et presque incolores.

– Je n'ai pas le choix, je vous l'ai dit, a-t-elle conclu.

– Si, vous l'avez.

J'ignore ce qui m'a poussée, car j'agis rarement de manière impulsive, mais tout en parlant, je dégrafais mon collier.

– Tenez. Prenez-le. Vendez-le, ai-je dit. À un bijoutier de Bond Street ou d'ailleurs, et ne vous laissez pas rouler : c'est une pièce de grande valeur. Prenez le manteau de la comtesse, c'est de la zibeline, et vendez-le aussi. Cela devrait suffire à vous entretenir pour quelque temps au moins.

– Mais je n'ai pas d'argent, pas même de quoi payer un fiacre…

J'ai fouillé dans mon sac à main et trouvé les pièces d'or que papa m'avait données comme argent de poche.

– Cela devrait suffire pour une nuit d'hôtel, ai-je dit.

– Comment vais-je pouvoir sortir d'ici ? Elle m'attend…

À ce moment-là, la responsable du vestiaire est arrivée avec nos manteaux. Je lui ai demandé s'il existait une autre porte de sortie. Mon amie avait un admirateur qu'elle préférait éviter, ai-je expliqué. La jeune fille a souri. Un simple coup d'œil à Grace a suffi pour la convaincre. Elle avait l'habitude des « gentlemen indésirables ». Elle nous a indiqué une porte de service.

– Bonne chance, ai-je dit à Grace alors qu'elle s'apprêtait à partir.

– À vous aussi, a-t-elle répondu en me serrant contre elle. Je ne sais comment je pourrai vous remercier…

– C'est inutile. Allez, vite, ai-je ajouté après l'avoir embrassée sur la joue.

J'ai resserré mon manteau autour de mon cou en espérant que la comtesse ne repérerait pas la disparition du collier, je suis allée la rejoindre et je lui ai raconté une histoire de file d'attente, de bousculade et de confusion générale.

– Grace attend encore pour récupérer votre manteau et son étole, ai-je conclu. Elle arrive dans un instant.

Finalement, il est devenu clair, du moins pour la comtesse, que Grace lui avait faussé compagnie. Sa réaction a été surprenante. J'avais cru qu'elle serait furieuse, mais elle n'a fait que hausser ses larges épaules et lever les mains dans un geste de résignation. Elle s'est plainte avec amertume à mon père d'avoir été trahie et abusée par une vulgaire petite voleuse. Il lui a proposé d'alerter la police, car, le manteau étant de prix, il fallait en signaler le vol, mais elle l'en a promptement dissuadé. Il est allé chercher un fiacre, nous laissant seules. Elle ne m'a rien dit, mais j'ai bien vu qu'elle bouillait de rage. Elle m'observait, les yeux plissés, avec le regard d'un chat soudain privé de la proie qu'il convoite.

Grace a raison : il n'y a plus de temps à perdre. Pendant que nous étions à l'Opéra, quelqu'un a descendu des coffres du grenier et les a empilés devant ma chambre. Ils sont couverts d'étiquettes pâlies aux noms de Paris, Ostende et Baden-Baden. Ils ont certainement appartenu à ma mère.

La comtesse a rapidement pris congé de nous en invoquant la fatigue comme excuse, mais je devinais qu'elle était encore sous le coup de la défection de Grace. Le geste que j'ai accompli a dissipé la résignation qui me minait en début de soirée. Maintenant, je dois prendre mon propre sort en main. En attendant, j'écris. J'ai un nouveau plan, mais seul l'avenir me dira s'il a une chance de réussir.

Quelque chose me pousse à tout noter dans ce journal dès maintenant, au cas où je ne reviendrais pas. Si je dois échapper au sort auquel Grace faisait allusion, convaincre mon père et apporter la preuve de ce que je soupçonne, je ne peux pas me contenter d'attendre. Je dois aider Tom.

De cette fenêtre, je peux observer l'avant et le côté de la maison. Tom est en bas et monte la garde, comme il l'avait annoncé. Je l'ai vu quand nous sommes rentrés en fiacre. La comtesse et mon père, qui étaient assis de l'autre côté dans le fiacre, n'ont pas remarqué sa présence, car il se dissimulait dans l'ombre. Il attend que le comte sorte et alors il le suivra.

J'ai passé de solides chaussures et des vêtements simples et sombres qui ne me gêneront pas pour marcher. Je vais rejoindre Tom dans un instant. Je n'ai plus qu'une seule chose à prendre. Elle est en sûreté dans mon sac à main : c'est le crucifix de Caspar.

Et c'était tout. Ne venaient ensuite que des pages vierges, jusqu'à la fin du volume. Ellen voulut s'asseoir dans son lit, mais retomba en arrière. Elle se sentait très lasse. Le livre glissa de sa main. En fait, elle était très malade, trop faible même pour sortir de son lit. Elle resta un instant immobile pour rassembler ses forces. C'était ridicule. C'était à l'esprit de dominer la matière – simple question de volonté.

Elle parvint à tirer le coffre de sous le lit et à en sortir le volume suivant du journal, mais peut-être s'était-elle levée trop vite. Elle resta environ dix secondes debout, et elle était déjà inconsciente quand sa tête heurta la moquette.

Chapitre 13

Ellen était de nouveau couchée. Sa grand-mère la regardait, les lèvres serrées, en se livrant à de vagues gesticulations qui trahissaient son angoisse.

– Je n'aurais jamais dû te laisser sortir avec Andrew, et hier soir, j'aurais dû veiller à ce que tu te couches tôt, dit-elle. S'il arrive quoi que ce soit… Dieu sait ce que Stella dira… Moi, en tout cas, je ne me le pardonnerai jamais.

– Non, mamie, ne téléphone pas à maman. Elle va seulement te culpabiliser. Je m'en sortirai très bien comme ça… (Ellen s'interrompit, car elle ne croyait pas elle-même à ce qu'elle disait, le peu de paroles qu'elle avait prononcées lui faisaient mal à la gorge et elle était saisie d'une quinte de toux.) Je ne veux pas que tu te sentes coupable, reprit-elle dès qu'elle le put. Tu as bien fait de me laisser sortir. Tu m'as offert une journée que je n'oublierai jamais. Écoute, dit-elle en se renversant en arrière, les yeux fermés, je ne suis pas stupide. Je ne sais pas combien de temps il me reste à vivre. Tout ce que je demande, c'est une chance de profiter de tout ce que cette vie peut m'offrir, tu comprends ?

– Oui.

Edith Baxter s'approcha du lit et serra sa petite-fille dans une brusque étreinte. Puis elle se releva, essuya frénétiquement ses lunettes et se tamponna les joues avec son mouchoir bordé de dentelle.

– Passe-moi un kleenex, tu veux ? demanda-t-elle en reniflant. J'utilise ce mouchoir-là par coquetterie. (Elle remit ses lunettes et regarda Ellen.) Quelle vieille idiote je fais ! Tu n'as pas besoin de ça, hein ? Alors que tu es si courageuse et que tu gardes les yeux secs, je pleure comme une fontaine. Ah, je vais être jolie quand le médecin va arriver !

– Le médecin ?

– Il fallait bien que je le prévienne, ma chérie. Je t'ai trouvée évanouie par terre. Je ne voyais vraiment pas ce que je pouvais faire d'autre…

Comme en réponse à un signal, on sonna à l'entrée.

– C'est sûrement elle.

Le médecin généraliste de la grand-mère d'Ellen, qui était une femme, se montra rapide et efficace. Elle manipula la jeune fille avec douceur et l'examina lentement et minutieusement. Ellen lui adressa mentalement ses compliments pour son comportement, car elle avait fait de son mieux pour la rassurer, mais quand la femme sortit de la chambre, la jeune fille se tourna vers le mur. Elle savait à quoi s'en tenir. Elle le devinait aux précautions avec lesquelles on avait fermé la porte de sa chambre. Elle n'avait nul besoin d'entendre le murmure familier d'une conversation de mauvais augure pour être renseignée. Il était inutile de se voiler la face plus longtemps : elle avait rechuté. Son traitement affaiblissait ses défenses immunitaires au point qu'un simple rhume ou une grippe pouvait se révéler bien plus grave pour elle que pour la plupart des malades.

– J'ai téléphoné à sa mère, dit sa grand-mère. Elle ne devrait pas tarder.

– C'est bien. Je vais appeler l'hôpital et leur dire de tout préparer pour son arrivée, répondit le médecin. D'ici là…

Ellen eut l'impression de se réveiller à une autre époque, tout en sachant parfaitement qu'elle rêvait. Ainsi qu'il arrive parfois en rêve, elle était comme dédoublée, se voyant à la fois de l'intérieur et de l'extérieur, à côté de Tom. Ce dernier n'était pas précisément enchanté de sa présence et il essayait de la convaincre de rentrer, quand elle entendit quelque chose. C'étaient des bruits de pas, les uns légers et rapides, les autres lourds et lents, qui faisaient crisser le gravier. Elle posa un doigt sur les lèvres de Tom. Le comte apparut, suivi de son fidèle Ivan. Ils se hâtaient. Pour quelqu'un de « fatigué », le comte se déplaçait rapidement.

La lumière jaunâtre des réverbères perçait les lambeaux de brouillard qui flottaient encore dans les rues. Ellen et

Tom avançaient en se donnant le bras, sans un mot, les yeux rivés sur les deux silhouettes, l'une grande, l'autre petite, qui marchaient devant eux.

Deux femmes surgies d'une taverne à l'angle de la rue faillirent les heurter. Leurs visages étaient marqués par la pauvreté et la rudesse de leur existence. Ellen aurait été incapable de leur donner un âge.

– Pourquoi que vous me regardez comme ça ? demanda l'une d'elles.

Mais ils ne devaient pas se laisser détourner de leur but. Ellen sentit une bouffée de gin quand la femme se pencha vers elle, mais Tom l'entraîna et ils plongèrent dans l'obscurité, repartant à la poursuite du comte.

Il n'y avait guère de monde dans les rues. Les passants se déplaçaient par groupes de deux ou trois, car personne ne tenait à être surpris seul par un monstre à l'affût. Toutefois, certains sont contraints de sortir seuls, poussés par les circonstances ou la nécessité. De l'autre côté de la longue rue étroite, une femme se hâtait, tête basse, drapée dans un châle étroitement noué.

Tom se précipita vers une entrée en entraînant Ellen. De l'autre côté de la rue, quelque chose remua dans l'ombre noire d'une cour. La femme eut un sursaut de terreur et leva les yeux vers le visage du comte.

– Monsieur, je vous en supplie ! Je dois aller à l'hôpital. Mon enfant est très malade. Il a besoin d'un médicament…

Elle brandit une bouteille vide comme pour démontrer sa bonne foi, mais le comte ne parut même pas l'entendre.

Sa main gantée tournait déjà son visage de côté pour exposer son cou. Même à cette distance, Ellen voyait les minuscules lueurs rouges de ses yeux. Sa bouche s'ouvrit démesurément comme celle d'un reptile, et ses canines parurent s'allonger, luisantes comme des os effilés, aussi acérées que des lames de rasoir.

Alors qu'il allait frapper, Ellen vit une autre silhouette se dresser à ses côtés, gigantesque et massive comme celle d'un ours. Une main puissante retint le comte et une voix articula dans un anglais haché :

– Poursuis ton chemin, petite mère, et surtout ne parle de cela à personne !

La femme parut émerger d'une transe. Elle partit en courant comme si elle avait le diable à ses trousses. Elle ne saurait jamais pourquoi l'assassin l'avait épargnée. Ellen elle-même ne pouvait que deviner ce qui avait poussé Ivan à intervenir. À ses yeux, cette femme était bonne et respectable. Les femmes de mauvaise vie ne manquaient pas dans les parages. Que son maître s'en prenne donc à l'une d'elles. Cette femme qui se précipitait au-dehors pour prendre soin de son fils malade ne méritait pas le sort affreux qu'il lui réservait.

Pour sa part, Tom en avait assez vu, et même plus qu'assez.

La rue déserte était d'un calme sinistre. Soudain, de l'autre extrémité leur parvinrent des bruits de voix et de rires. Deux femmes, peut-être celles qui avaient failli les heurter un instant plus tôt, approchaient, parlant à voix très haute, comme pour défier le silence. L'une d'elles apostropha quelqu'un, et une voix d'homme lui répondit avec bonhomie, mais fermement : « Rentrez chez vous, vous deux. Vous ne savez pas qu'un fou furieux traîne dans le quartier ? »

Les femmes hurlèrent de rire. Tom ferma les yeux. Sa prière venait d'être exaucée :

– C'est un policier. Il est juste de l'autre côté de la rue, murmura-t-il à Ellen. Je vais le chercher. Attends-moi ici.

Il venait de s'éloigner, il était à quelques pas d'elle, au milieu de la rue, quand elle perçut soudain une présence derrière elle. Dans l'entrée de la maison, une colonne plus noire que l'ombre qui l'entourait venait de surgir du sol. Avant même qu'elle n'eût pris forme, Ellen entendit la voix du comte chuchoter dans son oreille :

– Ellen ! Quelle surprise ! Êtes-vous donc venue me tenir compagnie cette nuit ? Soyez la bienvenue ! Tout le plaisir est pour moi !

Elle sentit une odeur de cuir tandis qu'une main montait vers sa bouche et perçut un bruissement soyeux quand il l'enveloppa dans son manteau. Elle entendit encore Tom expliquer :

– Je suis accompagné d'une dame. Elle est juste en face…

Mais elle ne vit pas le regard intrigué du policier qui scrutait l'entrée maintenant vide. Tout bruit avait cessé et toute vision en même temps. Seules restaient les ténèbres.

À son réveil, Ellen entendit la voix de sa mère tancer quelqu'un :

– Non, je crains fort que ce soit impossible. Elle est malade, très malade, et tout cela à cause de vous…

– Je suis navré, je ne m'étais pas rendu compte… Je veux dire qu'elle paraissait tout à fait bien portante…

– Qui est-ce ?

Sa grand-mère était assise dans un fauteuil à côté du lit, depuis combien de temps au juste ? Ellen n'en avait pas la moindre idée. Elle avait complètement perdu la notion du temps.

– C'est Andrew. D'après ce que j'entends, Stella lui fait passer un mauvais quart d'heure.

– Est-ce que je pourrais le voir ?

Ellen voulut se lever, mais ce simple mouvement l'épuisa et la laissa en sueur.

– Je ne crois pas, ma chérie.

Les yeux de sa grand-mère se tournèrent vers la fenêtre. Dans le lointain, la sirène d'une ambulance enflait, puis retombait, se frayait un chemin à travers les rues, se rapprochait. Ellen savait qu'elle venait la chercher. Le hululement s'interrompit juste devant la maison.

– Mamie ?

– Oui, ma chérie ?

Edith Baxter s'approcha d'Ellen. La jeune fille était si faible qu'elle l'entendait à peine.

– Tu sais, ces journaux intimes… ceux que je lis en ce moment ?

Edith Baxter fronça les sourcils et se pencha vers

elle. Déjà, le bruit de pieds touchant terre montait de la rue, suivi du cliquetis du brancard que les ambulanciers sortaient.

– Donne-les à Andy. C'est pour ça qu'il était venu. Je lui ai dit qu'il pouvait les lire. C'est important…

– Il les aura, ne t'inquiète pas.

– Promets-le-moi !

– Bien sûr que je te le promets !

L'insistance de cette demande laissait Edith Baxter perplexe, mais elle ferait de son mieux pour la satisfaire. Comment aurait-elle pu refuser ? Les yeux gris de la jeune fille plongeaient dans les siens, implorants, comme si sa vie même en dépendait.

Chapitre 14

La suite fut un cauchemar. Ellen ne se réveillait que pour replonger dans l'inconscience et, ce faisant, passer de sa propre existence à une autre.

Elle fut enveloppée, puis attachée à un brancard qu'on descendit dans l'escalier. Seules les barres métalliques latérales du brancard l'empêchaient de tomber. Au-dehors, la sensation d'être transportée s'accrut brutalement. Elle avait l'impression de fendre l'air, et les appels des ambulanciers devinrent des cris de mouettes. Lorsqu'elle sortit les mains de la couverture, la laine rugueuse de cette dernière s'était muée en satin. Elle ouvrit les yeux, mais ne vit rien. Elle était enfermée dans une boîte, et puis elle comprit que ce n'était pas une boîte, mais un cercueil.

Elle se débattit, mais ses mains étaient entravées.

– Du calme, ma jolie, j'attache seulement ça, dit une voix. Ça fera peut-être un peu mal, mais juste une seconde. Là, ça y est.

L'ambulancier fixa le goutte-à-goutte à un trépied.

– On va vous mener à bon port en un rien de temps,

ne vous en faites pas. On va vous remettre sur pied, vous verrez...

Cette présence marquait le retour d'Ellen à la réalité. Elle se détendit et se laissa bercer par cette mélodie chaleureuse et apaisante.

Son soulagement fut bref. Au moment même où l'ambulancier lui prenait la main, Ellen sentit qu'elle lui échappait. On la transportait de nouveau, cette fois-ci sans brancard et plutôt brutalement. Elle entendit des hurlements et le martèlement d'une multitude de pieds. Lorsqu'on la reposa, le mouvement devint celui d'un navire ; elle entendait même le clapotis de l'eau.

Le couvercle du cercueil se souleva dans une lumière aveuglante. Pendant un instant, elle fut incapable de voir, et puis, quand ses yeux se furent habitués, elle reconnut le visage penché sur elle. Le bas était voilé par un tissu.

L'intensité de la lumière diminua. Elle s'assit, avec la sensation de nager dans une pièce basse de plafond et exiguë, mais luxueusement meublée.

– Bonsoir, Ellen. Vous ne semblez pas avoir trop souffert de votre arrivée peu conventionnelle à bord de ce superbe navire. (Le comte l'observait : elle le reconnut, car le foulard ou le voile qui dissimulait sa bouche avait disparu.) C'est une goélette noire svelte et rapide. J'ai moi-même choisi le capitaine et l'équipage. Je suis navré pour le dérangement et l'inconfort que vous avez subis, mais c'est votre excessive curiosité qui en est la cause.

(Il lui offrit sa main pour l'aider à sortir du cercueil, mais Ellen la refusa.)

– Soyez sans crainte…

– Je n'ai pas peur, répondit-elle fermement, bien qu'en réalité elle fût terrorisée.

– Il ne vous arrivera aucun mal. À vrai dire, Elizabetta et moi-même admirons votre courage, votre vaillance. Peu d'hommes auraient risqué ce que vous avez tenté cette nuit.

– Laissez-moi partir. Vous ne pouvez pas me retenir ici. Ma disparition sera signalée.

Le comte sourit :

– Pourrais-je savoir par qui au juste ?

– Par mon père. Par Mrs. Dover.

– Pour eux, vous dormez profondément en ce moment même. Et quand ils s'apercevront que ce n'est pas le cas, il sera trop tard : notre navire est rapide, dit-il en esquissant de ses longues mains osseuses le mouvement vif d'un poisson, et nous serons loin d'ici. À l'heure qu'il est, ce navire se prépare à prendre la mer, l'entendez-vous ?

De l'étage supérieur leur parvenaient les clameurs rythmées d'hommes tirant sur des amarres.

– Les marins, le capitaine… commença-t-elle, mais elle devina la réponse au moment même où elle prononçait ces mots.

– Personne ne vous a vue monter à bord. Il n'y avait que le cercueil de notre pauvre chère nièce Elena. Mourir si jeune et si belle, quelle tragédie ! La ramener dans son pays natal est notre triste devoir. Non, vous devrez rester ici à titre d'invitée, sinon…, fit-il avec un geste en direction du cercueil, ayant monté un cadavre à bord de ce navire, le capitaine et son équipage s'attendent à le débarquer à la fin de ce voyage. Maintenant, peut-être pourrions-nous aussi organiser une cérémonie d'inhumation en pleine mer, acheva-t-il avec un haussement d'épaules. C'est à vous de choisir.

– Je ne comprends pas comment je pourrais être votre invitée. Vous ne pouvez pas me garder ici à la fois à titre d'invitée et de prisonnière.

– Non, vous n'êtes pas notre prisonnière, répondit la comtesse, qui venait de surgir de la cabine voisine. Certainement pas. Comme l'a dit Fransz, nous vous laissons le choix. Nous vous offrons même plus : la vie éternelle. Vous ne mourrez jamais. Vous pouvez devenir semblable à nous ! (La comtesse s'approchait d'elle en ondulant, et le bruissement soyeux de ses lourds jupons évoquait celui de peaux de serpents morts.) Maintenant, écoutez-moi bien, ma chère petite. Un refus de votre part signerait votre arrêt de mort. Nous ne vous avons pas choisie au hasard, voyez-vous, mais à cause de votre défunte mère. (Ses yeux étincelants parurent s'éteindre, comme si des larmes les obscurcissaient.) Ma bien-aimée Isobella… Elle allait devenir semblable à nous quand elle est tombée enceinte. Peut-être le fait de porter un enfant a-t-il constitué un obstacle. Peut-être deux sangs différents se combattent-ils. (Ses mains tournées vers le ciel exposaient des paumes pâles dépourvues de lignes, et ses nombreuses bagues créaient des bourrelets dans la chair de ses doigts épais.) Qui peut le savoir ? Elle est morte en vous donnant le jour. Et maintenant, nous vous offrons ce qu'elle-même n'a pu recevoir.

Elle était maintenant toute proche d'Ellen, qui recula instinctivement. La comtesse leva la main et la porta à son sein.

– N'ayez crainte, ajouta-t-elle, mettant ce mouvement de recul sur le compte de la frayeur, cette métamorphose sera indolore. Vous mourrez pour renaître et vous rirez alors des craintes que vous aviez éprouvées. Croyez-moi, vous êtes faite pour être des nôtres ! (Ellen sentit soudain le froid glacial de son contact.) Je sais que vous m'avez pris ma chère Grace, mais je ne vous en veux pas, fit-elle avec un sourire qui découvrit ses longues canines. Quelle ingéniosité de votre part ! Quel esprit ! Vous ferez un merveilleux vampire !

Les pressentiments d'Ellen s'étaient révélés justes. Ils l'avaient épargnée pour une raison précise : elle ne représentait pas une victime ordinaire. Elle devait devenir semblable à eux. Après l'avoir éloignée de son père, ils pourraient disposer d'elle selon leur bon plaisir. Une fois initiée, elle oublierait son existence antérieure pour en embrasser une nouvelle. Elle serait leur alliée, vivrait et se nourrirait comme eux. « Elle avait la gorge complètement déchiquetée. » Les paroles de Caspar lui revinrent en mémoire à cet instant et elle frissonna. Devenir un vampire, un mort vivant. Mourir pour renaître, éternellement…

La comtesse leva le bras gauche, découvrant le dessous gras et blanc, nu jusqu'au coude. Du long ongle de son pouce droit, elle pressa un bouton invisible sur la grosse bague qu'elle portait au majeur. La pierre bascula, en révélant une autre, noire, en forme de pyramide, aux arêtes aussi affûtées que des lames de rasoir. Elle en planta la pointe dans la peau de son poignet, à l'emplacement d'un lacis de veines bleues. Un sang rouge sombre commença à en sourdre. Tendant le bras avec précaution afin de ne rien répandre, elle le présenta à Ellen :

– Allons, buvez, dit-elle d'une voix douce et enjôleuse. Dès que vous en aurez pris une goutte, vous ne désirerez plus rien d'autre.

Les doigts d'Ellen rencontrèrent les durs contours du crucifix sous l'étoffe de sa robe. Dans sa hâte frénétique, elle arracha le mince tissu pour brandir le crucifix. La comtesse était si proche que la croix toucha son bras. Ellen entendit un sifflement, puis sentit une odeur écœurante de chair brûlée. Les yeux bleu sombre de la comtesse s'exorbitèrent, voilés et opaques de terreur, et elle poussa un cri perçant tandis que le signe de la croix s'imprimait, rouge et boursouflé, dans la chair de son avant-bras.

Ellen se tourna vers le comte, qui s'était rapproché d'elle comme un autre prédateur. Il recula d'un bond, renversant la table et la lampe posée dessus. Cette dernière se brisa au sol. Son huile se répandit, s'enflamma et s'écoula vers la comtesse en un ruban de feu ondulant. Ses cris se muèrent en un hurlement aigu tandis que les flammes happaient l'ourlet de sa robe et dévoraient les nombreux jupons de sa crinoline.

Le comte n'eut pas même un regard pour sa cousine. Il ne quittait pas Ellen des yeux. La terreur la pétrifia un instant, et puis elle commença à reculer. Il se rapprochait d'elle, reproduisant tous ses mouvements. Elle serrait toujours le crucifix dans sa main, tout en sachant qu'elle devrait se retourner quand elle aurait atteint la porte de la cabine. Sa main en trouva la poignée à tâtons. Elle la franchit prestement et se retrouva dans le couloir.

Échapper au regard du comte fut un soulagement qui lui donna presque le vertige, mais ce n'était qu'un bref répit. Elle n'avait aucun moyen de bloquer la porte de ce côté-ci et ne possédait pas de clef. La poignée tournait déjà quand une voix résonna derrière elle :

– Viens, petite sœur. Viens avec moi.

Ivan la saisit dans ses bras et l'emporta vers l'écoutille. Ellen n'eut pas le temps de se demander pourquoi il la secourait. Elle ne pouvait que s'en réjouir. Sur le pont, il referma la trappe et, soulevant une lourde caisse aussi facilement que s'il s'était agi d'une boîte d'allumettes, il la laissa retomber dessus.

– Au feu ! Au feu ! hurla-t-il aux marins stupéfaits. On ne peut plus passer par là !

Des filets de fumée filtraient déjà de l'écoutille. Quelqu'un hurla des ordres et les marins se dispersèrent.

– Venez, miss Ellen. Vous n'êtes pas encore sauvée.

Ivan l'entraîna vers le flanc du navire et la jeta par-dessus bord.

Ellen eut l'impression de tomber pendant une éternité. Elle remarqua fugitivement que le brouillard londonien s'était dissipé, car le clair de lune traçait un chemin lumineux sur la Tamise. Le feu avait atteint le pont et son flamboiement formait un contrepoint au scintillement de l'eau. Elle entendit un curieux concert de cris et de gémissements aigus, et sentit le frôlement précipité de corps minuscules. Certains, transformés en boules de feu, touchaient l'eau dans un grésillement. Affolés par l'incendie, les rats quittaient le navire.

L'eau était glacée. Elle sombra sous de petites vagues clapotantes et toute lumière s'éteignit. Elle poursuivit sa descente dans les ténèbres, tirée vers le fond par ses lourds vêtements gorgés d'eau. Elle savait qu'elle aurait dû lutter pour remonter vers la surface, mais soudain, elle ne sentit plus le froid. L'obscurité lui parut moelleuse et presque accueillante. Elle ne voulait plus se débattre quand, tout à coup, on l'empoigna et on la tira violemment par le bras. Elle tenta de se dégager. Elle voulait rester là. C'était tellement plus facile de se lover et de se laisser dériver au fil de l'ombre qui l'enveloppait comme une couverture.

Alors elle ressentit une pression atroce dans la poitrine et entendit au-dessus d'elle une voix qui ressemblait à celle de Tom :

– Un, deux, trois ! hurlait un homme. Poussez-vous de là !

Et puis cette terrible pression recommença, ébranlant son corps tout entier, encore et encore. Que faisait-il ? Pourquoi ne la laissait-il pas tranquille ?

– Elle respire, je sens son pouls ! Oh, merci mon Dieu !

Ellen ouvrit enfin les yeux en s'attendant à voir Tom. Il avait donc rejoint le fleuve et l'avait retrouvée, Dieu savait comment. Pourtant, elle n'était à présent ni sur un bateau, ni au bord de l'eau. La lumière qui l'aveuglait était celle de néons. Autour d'elle, des machines émettaient des signaux sonores. Ses doigts se refermèrent sur des draps blancs et raides. Elle était à l'hôpital et l'homme qui la regardait était un médecin.

Quand il ôta le masque qui couvrait son visage, elle vit que c'était un inconnu. Le soulagement l'envahit, car, juste avant ce geste, elle aurait pu jurer que les yeux qui la fixaient étaient ceux du comte.

Comme des tubes étaient insérés dans sa bouche et sa gorge, elle ne pouvait ni parler ni respirer de manière autonome, mais cela même la rassurait. Si effrayant que cela pût paraître, ce n'était pas un rêve. Elle ne s'éveillait pas pour replonger indéfiniment dans le même cauchemar. Elle était de retour dans le monde réel, dans son monde.

TROISIÈME PARTIE

« Le sang est la vie. »

Le Deutéronome, 12 : 23.

Chapitre 15

– Bonjour, Ellen. Je m'appelle Jenny. Jenny Cheung. Comment allez-vous, aujourd'hui ? demanda une infirmière assise à son chevet.

– Ça va. Enfin, je crois, répondit Ellen, car elle n'était pas réveillée depuis assez longtemps pour en être sûre.

L'infirmière lui rendit son faible sourire avec chaleur et cordialité. Elle était jeune, à peine plus âgée qu'elle, en fait, et très jolie, avec une peau lisse et claire et des yeux obliques qui, à la surprise d'Ellen, étaient gris et non bruns ou noirs. Ses cheveux noirs lustrés étaient relevés en un chignon impeccable sous sa coiffe. Elle portait la ceinture d'une infirmière diplômée d'État et sa tenue était d'un blanc immaculé.

– Vous paraissez aller mieux qu'hier soir. Voyons un peu… dit Jenny en consultant le tableau accroché au pied du lit. Ça devrait aller : température en baisse, pouls régulier, tension artérielle proche de la normale, annonça-t-elle avec un soulagement visible. Nous étions inquiets pour vous. (Elle tamponna le bras d'Ellen avec du désinfectant et se prépara à lui faire une prise de sang.) Regardez ailleurs, si ça vous met mal à l'aise.

Ellen jeta un regard à la grande seringue, puis obéit. Bien qu'elle en eût l'habitude depuis longtemps, c'était toujours pour elle une sensation étrange de voir tirer son sang.

– Voilà. (Ellen sentit la piqûre légère de l'alcool et le sparadrap qu'on collait sur son bras.) C'est fini.

– Je voudrais juste savoir une chose, dit Ellen alors que l'infirmière étiquetait l'échantillon de sang. J'ai mal dans la poitrine.

– Ça ne m'étonne pas. Vous avez failli mourir. On a dû appeler les urgences. Hé, mais tout va bien, maintenant…

Jenny s'assit sur le lit et lui prit la main. C'est une chose d'admettre en théorie qu'on est mortel, mais une autre de comprendre qu'on a frôlé la mort sans même s'en rendre compte…

Ellen sentit des larmes de frayeur et d'apitoiement sur elle-même lui monter aux yeux et déborder.

– Tout va bien, maintenant, insista Jenny. C'est fini !

Mais Ellen était trop faible pour se ressaisir. Jenny la prit dans ses bras. Elle exhalait une faible odeur de fleurs fraîches, d'étoffe amidonnée et de désinfectant. Finalement, Ellen se dégagea en reniflant. Elle se sentait vraiment stupide de sangloter contre l'épaule d'une parfaite inconnue. Elle voulut tendre le bras pour prendre un kleenex, mais sa perfusion la gênait dans ce mouvement. Ses larmes menacèrent de resurgir. Elle se renversa sur ses oreillers, gênée et honteuse.

– Tenez. (Jenny prit un mouchoir et lui essuya les yeux.)

Ne vous excusez pas. Nous avons tous besoin de pleurer un bon coup à un moment ou un autre. Mouchez-vous. Voilà. Ça va mieux ?

Ellen acquiesça. Elle remarqua de nouveau les yeux de la jeune fille. Ils étaient décidément frappants.

– Excusez-moi, fit-elle. Je ne voulais pas vous dévisager…

Jenny sourit :

– Ça ne fait rien. Mon père est chinois et ma mère anglaise. Bon, maintenant, on va vous faire votre toilette pour que vous soyez en beauté. Le docteur Stacey arrive dans un instant.

Ellen se laissa faire en silence tandis que Jenny lui nettoyait le visage et lui peignait les cheveux. Elle avait horreur de ça, horreur de se sentir aussi désarmée, mais au moins Jenny était patiente et gentille. Ses mains étaient douces, mais fermes, et pendant qu'elle lui faisait sa toilette, elle bavardait afin de la mettre à l'aise. Son père venait de Hong Kong et sa mère de Birmingham, lui expliqua-t-elle. Sa famille gérait un supermarché là-bas, mais elle était venue à Londres pour terminer ses études. Elle habitait avec sa cousine un petit appartement au-dessus d'un restaurant dont sa famille était propriétaire. Elle donnait parfois un coup de main aux heures d'affluence. Ellen aimait-elle la cuisine chinoise ?

Qui ne l'aimait pas ?

– Quand vous serez guérie, je vous cuisinerai un petit plat de derrière les fagots, déclara Jenny. Et maintenant, comment vous sentez-vous ?

Ellen jeta un coup d'œil dans le miroir de poche que Jenny lui tendait. Elle avait une mine épouvantable, mais au moins elle était propre et se sentait bien mieux. Quand le reflet de Jenny lui rendit son sourire, elle comprit qu'elle avait trouvé une amie. Elle avait passé assez de temps dans les hôpitaux pour savoir que, malgré la compétence brusque et la cordialité de commande qu'on y rencontrait, on s'y sentait souvent seul. Les heures pouvaient s'écouler très lentement entre deux visites, et chaque nouvelle garde impliquait l'arrivée de nouveaux visages.

– Comment est-il, je veux dire, le docteur Stacey ? demanda Ellen. Je ne crois pas l'avoir déjà rencontré : il ne fait pas partie de mes médecins habituels.

– Il était ici hier soir à votre arrivée et il a accepté de vous suivre. Il vient des États-Unis. Il a une réputation extraordinaire dans sa branche. Vous avez beaucoup de chance…

Jenny s'affairait, retapait le lit. Elle débita ces phrases à toute vitesse, comme si elle les avait apprises par cœur. Ellen sentait chez elle un certain manque de conviction.

– Mais vous ne l'aimez pas tellement ? demanda-t-elle.

Jenny haussa les épaules et détourna les yeux.

– Ce n'est pas à moi de juger… Il a de très bons résultats, un excellent pourcentage de guérisons…

– Je vous remercie, miss Cheung.

Sur ces mots, le docteur Stacey entra, accompagné de l'infirmière en chef, d'une autre infirmière et de plusieurs jeunes internes. Il ne portait pas de blouse et son complet coûteux le distinguait de ses collaborateurs. Il consulta le graphique affiché au pied du lit avant de s'approcher d'Ellen. Grand et mince, il était d'un âge indéfinissable, peut-être quadragénaire. Ses cheveux noirs étaient striés de gris aux tempes. Il avait un beau visage avec de hautes pommettes et un nez aquilin qui lui donnaient une allure de faucon. Sans son sourire, l'austérité de ses traits l'aurait fait paraître sévère. Il souriait beaucoup. Il avait une dentition parfaite, blanche et régulière. À présent, il souriait à l'infirmière en chef et la complimentait sur la qualité des soins. Elle rougissait et bafouillait des remerciements. Il était clair qu'il avait la cote avec elle. Visiblement, la supérieure de Jenny ne partageait pas ses doutes sur le médecin.

– Bonjour, Ellen, je suis Frank Stacey. Comment allez-vous ?

Son accent américain était teinté d'un autre moins perceptible. Son sourire était maintenant dirigé vers elle. Ellen allait le lui rendre quand elle remarqua qu'il n'atteignait pas ses yeux. Ces derniers étaient grands et sombres, d'un vert teinté de brun avec quelques touches de jaune. De minuscules points rouges transparaissaient au fond de ses iris. Au moment où elle les observait, ces motifs complexes parurent se modifier comme ceux d'un kaléidoscope. La description que son aïeule en avait fait dans son journal intime était remarquablement précise, mais elle aurait reconnu ces yeux n'importe où, car elle les avait vus dans ses cauchemars. Elle tira le drap à elle et se contraignit à soutenir le regard de Stacey. Quand il remarqua sa stupeur, son regard exprima un amusement détaché.

Je sais que tu sais, semblait-il lui dire sans qu'un seul mot fût échangé entre eux, *et tu ne peux absolument rien y changer.*

Ellen subit l'examen médical dans une sorte de torpeur. Son esprit travaillait fébrilement, mais ses réflexions n'aboutissaient qu'à des impasses. Elle était trop faible pour quitter l'hôpital par ses propres moyens. Où seraitelle allée, du reste ? Et sa famille l'aurait aussitôt ramenée ici. Peut-être pouvait-elle se confier à quelqu'un, mais à qui ? Stacey était son médecin, et comment raconter ce qui lui arrivait ? Les paroles qu'il adressa à son équipe au même moment anéantirent tous ses projets, condamnant la seule issue qu'elle entrevoyait :

– Toutes nos observations vont dans le sens d'un rétablissement complet, déclara-t-il, mais son haut front se plissa soudain. Un seul détail me préoccupe encore : il se peut que les lobes temporaux du cerveau aient été atteints. Quels pourraient en être les symptômes ?

– De l'épilepsie ? avança l'un des internes.

– Des hallucinations ? suggéra un autre. Des réactions paranoïaques ?

Stacey acquiesça :

– C'est tout à fait possible. Je tiens à ce qu'elle soit surveillée de très près. Je veux être informé de tout incident qui pourrait se produire à ce niveau. C'est d'accord, Ellen ? demanda-t-il en se tournant vers le lit. Ne vous inquiétez pas. Je passerai vous voir plus tard. J'en ai terminé avec vous… pour l'instant.

Des hallucinations… Avec un pareil diagnostic, qui la croirait ? Et que pourrait-elle dire ?

– *Excusez-moi, je voudrais m'en aller.*

– *Oh ! Pourquoi ?*

– *Parce que mon médecin est…*

C'était grotesque même à ses propres yeux, sans parler de n'importe qui d'autre. Le doute surgissait en elle, envahissant. Peut-être avait-il raison. Peut-être cette histoire de machins temporaux n'était-elle qu'une manière polie de dire qu'elle était folle… comme on peut très bien l'être quand on soupçonne son médecin d'être un vampire.

Chapitre 16

– Comment te sens-tu ? (La joue de sa mère était fraîche contre la sienne et sentait la poudre et le fond de teint.) Tu as l'air en bien meilleure forme qu'hier. Nous te croyions… (Elle serra les lèvres pour les empêcher de trembler.) Nous étions si inquiets… mais maintenant, le plus dur est passé. Et tu es entre de bonnes mains, les meilleures qui soient, même, d'après ce que j'ai compris. Ce docteur Stacey… tu l'as déjà vu ?

Ellen acquiesça.

– Il est excellent, semble-t-il. Nous avons beaucoup de chance…

– Je l'avais déjà vu, interrompit Ellen.

– Que veux-tu dire, ma chérie ?

– Le docteur Stacey. Je l'avais déjà vu avant.

– Tu veux dire hier soir ? Mais tu étais à peine consciente…

– Non, répondit Ellen. Je ne parle pas d'hier. Je l'ai vu devant chez mamie, le jour de mon arrivée…

Sa mère fronça les sourcils, croyant qu'elle délirait.

On l'avait prévenue que sa fille risquait de se conduire de manière plutôt étrange et inhabituelle… Mais soudain, son visage s'éclaira. C'était peut-être incongru d'en parler juste à ce moment, mais ça tenait parfaitement debout. Elle-même venait d'en parler avec Stacey ce matin.

– Oui, c'est tout à fait possible. Il est propriétaire d'une maison dans le voisinage. C'est justement ce que je voulais te dire…

– Où est mamie ? l'interrompit Ellen, car elle espérait voir sa grand-mère aux heures de visites.

– Elle m'a demandé de t'embrasser de sa part : comme elle est enrhumée, nous avons pensé qu'elle ferait mieux de rester quelques jours à la maison… De qui est-ce ? demanda sa mère, le nez froncé, en montrant à Ellen une carte postale qu'elle venait de saisir. C'est d'assez mauvais goût, je trouve.

– Fais voir… Oh, c'est d'Andy !

– Tu veux dire ce garçon qui a provoqué ta rechute en te faisant sortir ? J'ai dit deux mots à ta grand-mère là-dessus, tu peux me croire…

– C'est moi qui voulais sortir, maman. C'est injuste de rejeter la faute sur mamie.

– Oui, peut-être, répondit sa mère, et son regard s'adoucit, mais son visage restait tendu.

Cette expression anxieuse et les rides qu'elle avait creusées rappelèrent à Ellen combien sa maladie éprouvait les siens, à commencer par sa mère.

– Tout de même, reprit celle-ci, à son âge, elle aurait dû faire preuve d'un peu plus de jugeote.

– Andy pourra-il me rendre visite ?

– Pas maintenant, ma chérie. Je ne crois pas que tu te rendes compte… répondit sa mère, et la tension resurgit dans sa voix. Pour l'instant, seule la famille a le droit de venir.

– Pour combien de temps ?

– Ne t'inquiète pas : de toute façon, tu ne seras plus ici…

– Qu'est-ce que tu veux dire ? Je vais bientôt rentrer à la maison ?

– Non, pas vraiment… C'est justement ce que je voulais t'annoncer. Je dois d'abord aller jeter un coup d'œil là-bas, mais je suis sûre que ça ira, et même très bien. Nous avons beaucoup de chance : le docteur Stacey a accepté de te prendre en charge. Dès qu'un lit sera disponible, tu seras transférée dans sa clinique privée.

– Mais nous n'en avons pas les moyens. Ça doit coûter une fortune !

– Je ne veux pas que tu te tracasses pour ça. Nous voulons t'offrir les meilleurs soins, l'argent ne compte pas. Ton père est d'accord avec moi. D'ailleurs, nous n'avons plus de soucis à nous faire. (Des larmes de soulagement brillaient dans ses yeux à l'idée d'avoir enfin un médecin compétent pour soigner sa fille.) Le diagnostic de départ est très encourageant et… (Elle saisit la main d'Ellen et la serra dans la sienne.) Tu ne sais pas encore le meilleur : il s'intéresse particulièrement à ton cas et peut apparemment faire intervenir une sorte de fondation, enfin bref, il m'a assuré que ça ne nous coûtera pas un centime !

– Quelque chose ne va pas ?

– Non, ça va, répondit Ellen en détournant la tête.

– Mais si, quelque chose vous tracasse, insista Jenny Cheung, et elle se pencha pour l'observer de plus près. Qu'est-ce que c'est ?

Ellen ne répondit pas. Elle devait d'abord se reprendre. Elle s'essuya le visage avec son oreiller et renifla.

– Vous avez reçu de jolies cartes postales, reprit Jenny pour tenter de la distraire. De qui est celle-là ? (Elle lut la signature.) C'est votre petit ami ?

– Non, marmonna Ellen, pas vraiment.

– Il n'est pas venu vous voir ? C'est pour ça que vous êtes si triste ?

– Sûrement pas ! (Ellen se détourna, ses larmes soudain taries à l'idée de pleurer pour une raison aussi anodine.) Ma mère m'a appris que, de toute manière, il ne pourrait pas venir. Les visites sont autorisées seulement pour la famille.

Jenny inclina la tête sur le côté.

– Je pourrai toujours dire que je l'ai pris pour votre frère, suggéra-t-elle.

– Mais comment le prévenir ?

– Je vais chercher le téléphone.

– Avez-vous entendu parler d'une clinique privée dirigée par le docteur Stacey ? demanda Ellen quand l'infirmière revint.

– Oui, répondit Jenny en se penchant pour brancher la prise. Certains de nos patients sont transférés là-bas pour leur convalescence ou pour un traitement spécialisé. Pourquoi me posez-vous cette question ?

– Maman s'est arrangée pour que j'y aille.

– Vraiment ?! C'est très cher…

– Ça ne semble pas poser de problème, répondit Ellen. Pourquoi, il y a quelque chose qui cloche ?

Elle avait décelé une note d'inquiétude dans le ton surpris de Jenny.

– Non, répondit l'infirmière, mais elle se mordit la lèvre. C'est un excellent établissement et un très bel endroit, une vieille demeure avec pas mal de terrain. Ça ressemble plus à un hôtel qu'à un hôpital, fit-elle en énumérant tous ces avantages sur ses doigts. Cadre luxueux, cuisine excellente et ce qui se fait de mieux comme équipement. Une qualité de soins que nous serions bien en peine d'assurer ici…

– … Mais ?

Car il y avait autre chose, que Jenny semblait passer sous silence.

– Rien. Comme je vous l'ai dit, c'est un excellent établissement.

Une sonnerie retentit.

– On m'appelle. Je dois y aller, dit Jenny en portant la main à sa ceinture, visiblement soulagée d'avoir une excuse pour partir. Mon service se termine bientôt, ajouta-t-elle sur le seuil de la chambre. Bonne nuit et à demain.

Elle sortit pour répondre à l'appel. Elle était sensible et aimait assez Ellen pour être alarmée par ce qu'elle venait d'apprendre. Elle se souvint à cet instant d'une autre patiente qui avait séjourné à l'hôpital quelques mois plus tôt, avant d'être transférée dans la clinique du docteur Stacey. Certains des patients qu'il soignait là-bas étaient très malades, si bien que personne ne s'attendait à les voir guérir. D'autres, en revanche… La patiente à laquelle pensait Jenny était censée y rester seulement pour sa convalescence, mais elle était morte dans la semaine qui avait suivi son arrivée. Bien entendu, de tels décès pouvaient toujours se produire, mais à quelle fréquence ? Et il y avait eu plusieurs cas similaires. De plus, le personnel de la clinique changeait vraiment souvent. Jenny connaissait une infirmière qui venait d'en partir. Elle l'avait rencontrée la semaine précédente. Cette personne était restée très évasive sur les raisons de son départ. Elle avait seulement affirmé qu'elle préférait encore se retrouver au chômage que de travailler plus longtemps là-bas. Elle n'y retournerait pour rien au monde, avait-elle dit, même si on lui offrait le double, voire le triple de son salaire…

Chapitre 17

Ellen s'éveilla d'un demi-sommeil. La nuit tombait et tout était silencieux. Elle attendit en se demandant quelle heure il pouvait être. Elle dormait toujours mal à l'hôpital. Il y faisait très chaud, le revêtement en plastique des matelas la faisait transpirer et la perfusion de son bras la gênait dans ses mouvements. L'obscurité n'était jamais complète. De jour comme de nuit, l'éclairage au néon du couloir filtrait de ses baies vitrées en verre opaque et des portes des chambres. À l'hôpital, l'expression « vingt-quatre heures sur vingt-quatre » prenait tout son sens.

Elle entendit un léger bruit semblable au frottement d'une semelle sur le sol, à l'autre extrémité de la pièce, près de la fenêtre. Elle comprit brusquement qu'il y avait quelqu'un d'autre dans sa chambre. Elle crut d'abord que c'était Jenny ou une autre infirmière venue l'examiner en passant, mais les infirmières ne faisaient qu'entrer et sortir. Elles ne restaient pas immobiles, silencieuses, aux aguets dans l'obscurité.

– Vous êtes réveillée.

C'était la voix du docteur Stacey et c'était un simple constat.

– Vous savez qui je suis, n'est-ce pas ?

Cette fois non plus, ce n'était pas une question.

Ellen acquiesça. Les longues jambes de Stacey se déplièrent, il se leva de son fauteuil et s'approcha d'elle.

– Vous êtes intelligente, Ellen. Expliquez-moi comment vous en savez autant.

– J'ai retrouvé un journal intime…

– Celui d'Ellen Laidlaw ? C'est votre… arrière-arrière-grand-mère, n'est-ce pas ?

Ellen fit signe que oui.

– C'est étrange comme le passé peut nous rattraper. Cela m'a toujours fasciné, dit-il en se caressant le menton, comme au souvenir d'une barbe qu'il aurait portée autrefois. Quand je l'ai connue, j'étais encore le comte Fransz Szekelys. J'ai changé d'identité aux douze coups de minuit marquant l'entrée dans le siècle précédent. Le monde évoluait et un aristocrate n'y avait plus sa place. Il me fallait une autre… profession. Ce cher Anton, le père d'Ellen, m'en a donné l'idée : celle de médecin était idéale ! s'exclama-t-il, tandis que des étincelles rouges s'allumaient dans ses yeux. Un siècle de guerres et de tueries ! Une débauche de meurtres ! Dans de telles circonstances, qui s'inquiète de quelques décès de plus ? Et qui soupçonnerait un médecin, qui remettrait en question son droit d'être dans un hôpital, de faire son possible pour soigner les malades et assister les blessés ? Pour moi, cela a été une époque bénie. Et quel confort !

Aujourd'hui encore, j'ai toujours largement de quoi me nourrir...

Il tendit la main, saisit une poche de sang, l'ouvrit et en avala le contenu comme si c'était du Ribena[7].

– Cela désaltère, commenta-t-il, et il s'essuya les lèvres, laissant une traînée de sang sur le revers de sa main, mais le plaisir n'est pas le même. Les progrès réalisés dans d'autres branches de la médecine m'ont également servi : la dentisterie, par exemple.

Il ouvrit la bouche toute grande et ôta son dentier. Les dents qu'il découvrit étaient petites, irrégulières, si translucides qu'elles en étaient presque incolores, et effilées comme des lames de silex.

– Ces dents ne me seyaient guère, n'êtes-vous pas de cet avis ? demanda-t-il, et son sourire s'élargit, révélant de longues canines courbes aussi pointues que des aiguilles. Et elles provoquaient toujours un certain malaise. Celles-ci sont l'œuvre d'un génie, dit-il en remettant son dentier en place. Personne ne devinerait ce qu'elles dissimulent. J'en ai plusieurs modèles. L'homme qui les a fabriquées n'est malheureusement plus de ce monde.

– Pourquoi m'avoir choisie ? fut tout ce qu'Ellen put demander. N'y a-t-il pas assez de gens…

– Ne vous sous-estimez pas, Ellen. Vous n'êtes pas n'importe qui. (Sa voix perdit son intonation moqueuse et se durcit.) Les Szekelys ont bonne mémoire. Ma cousine est morte. Il y a un prix à payer, celui du sang. J'en ai

7. Marque britannique de soda aux jus de fruits créée dans les années 1930.

moi-même réchappé de peu et il m'a fallu longtemps pour me remettre de ce que votre parente m'a fait subir.

– Pourquoi devrais-je payer pour ce qu'elle a fait ?

– Je pense que c'est une raison suffisante, mais peut-être n'êtes-vous finalement pas si intelligente que cela. Vous ne semblez pas saisir pleinement le rôle que vous jouez dans cette histoire. Laissez-moi m'expliquer. Quand je dis que vous n'êtes pas n'importe qui, je n'emploie pas ce terme au hasard. Vous êtes porteuse d'un gène similaire au mien, qui vous a été transmis par Isobella, la mère d'Ellen. C'est un gène récessif, dont seulement certaines personnes sont porteuses. Il est à l'origine de votre maladie. Je suis un spécialiste dans le domaine du sang… naturellement. Je jouis même d'une certaine renommée. On me consulte pour les cas difficiles, et vous êtes du nombre. (Il haussa les épaules.) Vos médecins sont donc venus me demander mon aide…

– Naturellement, répéta Ellen en écho à ses paroles, avec un désespoir empreint d'amertume.

Il émit un rire grêle et creux, comme si elle avait dit quelque chose d'amusant.

– N'essayez pas de lutter, Ellen. C'est inutile. Il n'existe pas de remède à votre mal. Sans moi, vous mourrez. Vous dépérirez de jour en jour. Il vous reste un mois à vivre, peut-être deux… (Il souffla sur la paume de sa main, comme si sa vie allait être emportée au premier souffle, comme du duvet.) Je suis votre seul espoir.

Devenir vampire ? Était-ce un choix ? Mais pourquoi ne passait-il pas à l'action dès maintenant ?

Il parut lire dans ses pensées :

– Comment savez-vous si je n'ai pas déjà commencé ?

Elle baissa les yeux vers son bras. Les sparadraps qui maintenaient le goutte-à-goutte en place étaient desserrés comme si on les avait ôtés un instant avant de les recoller.

– Vous ne comprenez toujours pas, reprit Stacey. Vous n'êtes pas un… sujet ordinaire. Certains patients sont comme ça… (Il froissa la poche en plastique vide.) Une dose vite avalée, et c'est fini. Ce que je projette pour vous est tout à fait différent, mais cet hôpital manque de tranquillité. Une initiation demande du temps et de l'intimité. C'est ce que je suis en train d'organiser.

C'était délirant. Elle devait avoir des hallucinations. Il était impossible que cela se produise. Elle ferma les yeux pour le faire disparaître. Quand elle les rouvrit, il n'était plus là. Peut-être ne l'avait-il jamais été. Elle roula sur le côté afin de trouver une position plus confortable pour dormir. Elle n'avait rien imaginé : à côté du lit, une poche de sang vide et défroissée gisait sur le sol.

Chapitre 18

– Mon Dieu, qu'est-ce que c'est que ça ? demanda l'infirmière en entrant dans sa chambre le lendemain matin. C'est sûrement tombé de la poubelle. (Elle se précipita sur la poche vide.) Vraiment, ces aides-soignantes sont d'une négligence ! Si elle voyait ça, l'infirmière en chef aurait une attaque !

– Où est Jenny ? demanda Ellen.

– Elle prend son service plus tard. Je vais jeter ça et puis on va faire votre toilette. Le médecin arrive dans une minute.

Cela signifiait que, d'un instant à l'autre, Stacey serait de nouveau à son chevet. Ellen regardait fixement le mur, prise de nausée à cette idée. Après ce qui s'était passé la veille au soir, elle aurait donné n'importe quoi pour ne plus jamais le revoir.

Elle s'était inquiétée inutilement. Le docteur Stacey n'était pas à l'hôpital ce matin-là. Ce fut le chef de clinique qui se présenta à sa place. Fatigué et stressé, il examina

Ellen aussi vite qu'il le put et lança des ordres à l'infirmière en chef avant de se précipiter chez le patient suivant.

Elle ne vit plus personne ensuite. Elle compta les heures et même les minutes jusqu'au moment des visites. Andy lui avait promis de venir, mais elle imaginait mille et une raisons qui pouvaient le retarder, voire l'empêcher de venir. Elle devait de toute urgence lui parler du docteur Stacey et de sa visite nocturne. Il l'écouterait et la croirait. Il le fallait absolument. C'était son seul espoir.

– Salut !

Andy apparut dans l'encadrement de la porte, une enveloppe matelassée dans une main et un bouquet de fleurs dans l'autre.

– Salut, répondit-elle.

– Comment vas-tu ?

– Ça va. Écoute, nous n'avons pas beaucoup de temps et j'ai plein de choses à te raconter. Tu as lu le journal ?

– Oui. Ta grand-mère me l'a passé. Je te l'ai apporté. J'ai pensé que tu voudrais peut-être l'avoir avec toi. (Il rangea les volumes dans le tiroir de la table de chevet.) Tu avais raison : c'est assez déroutant, comme histoire.

– Et ça l'est de plus en plus.

– Qu'est-ce que tu veux dire ?

– Si je te disais que j'ai vu le comte ?

– Tu l'as vu ! (Les yeux d'Andy s'écarquillèrent et il la regarda avec stupeur avant de froncer les sourcils d'un air perplexe.) Je ne comprends pas. C'est impossible. Comment peut-il être ici alors qu'il a vécu il y a plus de cent ans ?

– Il est ici, je te le jure, dans cet hôpital ! Et je l'avais déjà vu avant…

– Où ?

– Dans la rue, en face de chez ma grand-mère…

– Attends un peu… (Andy fronça de nouveau les sourcils, car il venait de se rappeler l'inconnu qui l'avait bousculé le soir où il sortait de chez elle.) Il ressemblait à quoi ? Est-ce qu'il était grand, avec des yeux étranges et un accent genre américain ?

Ellen acquiesça.

– Oui, mais comment le sais-tu ?

– Moi aussi, je l'ai vu près de chez ta grand-mère. Comment peux-tu être sûre que c'est Szekelys ?

– Je l'ai reconnu d'après sa description dans le journal et… et… je l'ai vu plusieurs fois en rêve, et hier soir, il est venu dans ma chambre. Maintenant, il se fait appeler Stacey. (Malgré ses efforts pour se ressaisir, Ellen se sentait au bord de la crise de nerfs.) Andy, j'ai tellement peur !

– Mais, même si c'est… même si c'est bien lui, que pourrait-il faire contre toi, de toute façon ? demanda Andy.

– Beaucoup, répondit Ellen en se cramponnant à lui. C'est mon médecin !

Incapable de répondre, il la serra dans ses bras.

On frappa à la porte et une infirmière apparut dans l'encadrement.

– Bonjour, Ellen. Oh, vous êtes sûrement Andy ! Je m'appelle Jenny, Jenny Cheung.

– Ravi de vous rencontrer.

Jenny sourit.

– Je suis vraiment désolée de vous déranger, dit-elle à Ellen, mais votre mère doit arriver d'un moment à l'autre. Je passerai vous voir quand elle sera repartie. À plus tard.

– Elle a l'air sympa, dit Andy après le départ de Jenny.

– Oui, répondit Ellen en s'essuyant les yeux, elle est très gentille. Andy…

– Écoute, essaie de ne pas trop te faire de souci… Je reviendrai demain.

– Bonjour, Mrs. Forest, dit Jenny à voix très haute dans le couloir, l'infirmière en chef aimerait parler avec vous dans son bureau. C'est par ici…

Andy se pencha vers elle et l'embrassa rapidement.

– Je vais réfléchir et je trouverai une solution, promit-il.

Andy remonta le couloir en pensant à Ellen. Il pensait beaucoup à elle, alors qu'une semaine plus tôt à peine, elle n'occupait presque aucune place dans ses pensées. Ce n'était qu'une fillette avec laquelle il jouait enfant, un visage presque oublié. Maintenant, tout cela avait changé. Il pensait sans cesse à elle, mais en quoi cela pouvait-il aider Ellen ? Bien sûr, elle était gravement malade, mais cela, c'était purement physique. C'était ce qu'elle venait de lui apprendre qui était à l'origine de ses difficultés actuelles et qui la bouleversait tant. Se pouvait-il que ce qu'elle lui avait révélé sur ce Stacey *alias* Szekelys fût vrai ?

« Un appel pour le docteur Stacey. Docteur Stacey ! » fit une voix dans un interphone.

Un homme qui arrivait dans l'autre sens s'arrêta soudain, se retourna et chercha un téléphone du regard. Andy le reconnut avant même de s'être rappelé son nom. C'était l'homme qu'il avait vu l'autre nuit, devant la maison d'Ellen, celui qui ne laissait pas d'empreintes sur le sol. Andy s'arrêta devant un distributeur de boissons et fit semblant d'en choisir une.

L'homme saisit le combiné d'un téléphone mural et annonça : « Stacey à l'appareil. »

Il parla un instant avant de raccrocher. Il se retourna vers Andy et leurs yeux se rencontrèrent. Incapable de soutenir son regard, ni d'échapper à son sourire teinté de dérision, Andy contempla ces yeux qui semblaient refléter ses doutes les plus secrets.

Tu vas réfléchir, trouver une solution… mais laquelle ? demandaient-ils, moqueurs. *Et si tout cela était vrai ? Que pourrais-tu y changer?*

Chapitre 19

Ellen s'était efforcée de rester éveillée, consciente, à l'affût du moindre détail et du plus petit mouvement, mais elle avait finalement dû s'assoupir, car lorsqu'elle se réveilla, elle vit qu'il était dans sa chambre.

– Tout est décidé pour votre transfert, déclara sa voix du même angle obscur que la veille. Votre mère vous en a-t-elle informée ?

Ellen ne répondit pas. Maintenant, elle le voyait, ou plutôt elle distinguait les contours de son corps : il était assis, les jambes croisées, ses longs doigts blancs joints sous son menton.

– Vous verrez, cette clinique est très confortable, bien plus qu'ici, reprit-il en balayant la chambre d'un geste. C'était autrefois un hôpital pour les malades mentaux. Nous l'avons complètement transformé, et maintenant, c'est aussi luxueux qu'un hôtel. Vous l'aimerez, surtout le parc. (Il s'était levé et se dirigeait vers elle.) Nous avons une chapelle privée. De nombreux patients et leurs familles y trouvent la paix et le réconfort. Certains de mes malades sont hélas en phase terminale et, souvent, leurs parents demandent qu'ils soient enterrés là-bas. Ces lieux sont si beaux, si paisibles, et le cimetière est si bien entretenu qu'il leur semble qu'on prend bien soin de leurs proches même après leur mort, fit-il avec un sourire. Là-bas, vous ne souffrirez pas de la solitude.

Ses yeux cherchaient les siens. Ellen voulut détourner le regard, mais elle en était incapable. Elle le contemplait, les yeux grands ouverts, sans pouvoir ciller ni remuer un muscle.

Le regard de Stacey descendit vers sa gorge. Il tendit la main, écarta ses cheveux de son cou et chercha son pouls. Ellen sentait son sang battre lentement sous des doigts si froids qu'ils lui brûlaient la peau. Elle vit ses joues se contracter et ses lèvres se retrousser. Puis, soudain, comme un chat qui rentre ses griffes, il s'écarta d'elle.

– Bonsoir, docteur Stacey. Nous ne vous attendions pas ici ce soir. Est-ce que tout va bien ?

Bien que polie, la question de Jenny était chargée de suspicion.

– Oui, très bien, merci. (Sa voix avait perdu sa froideur et dégageait un charme nonchalant.) J'examinais seulement notre patiente. Bonne nuit.

– Bonne nuit, docteur.

Jenny n'avait aucune confiance en Stacey. Après son départ, elle alla examiner Ellen à son tour. Un simple coup d'œil lui fit comprendre que quelque chose de grave était arrivé. Elle avait déjà vu cette stupeur chez d'autres patients. Ce n'était pas d'ordre physique, plutôt une sorte de prostration. Cela se produisait quand ils recevaient une nouvelle qui les bouleversait, quand, même avec toutes les précautions, on apprenait à un patient ou aux siens que son cas était désespéré ou ses chances de guérison très faibles.

– Que vous a-t-il dit ? demanda-t-elle, sans obtenir de réponse.

Jenny envisagea toutes les solutions possibles. Un tranquillisant l'aiderait à dormir, mais ne traiterait que les symptômes et non la raison profonde de sa détresse. Peut-être était-il préférable de recourir à un spécialiste. L'hôpital employait d'excellents psychologues qui avaient l'expérience de ce genre de situation. Peut-être valait-il mieux lui donner un calmant pour la nuit et faire venir un psychologue à son chevet le lendemain. Jenny venait de prendre cette décision quand Ellen lui adressa la parole :

– Croyez-vous aux vampires ?

Chapitre 20

Jenny accepta de passer le reste de la nuit dans la chambre d'Ellen. Sa présence délivra la jeune fille des visites nocturnes, des rêves et des cauchemars. Elle dormit bien et s'éveilla reposée, avec un plan clair et complet en tête. Il ne manquait plus que l'accord de Jenny, et celle-ci le donna sans réserves.

Que pouvait-elle faire d'autre ? Ellen était une patiente confiée à ses soins. Elle ne pouvait la laisser maltraiter physiquement et psychologiquement par qui que ce fût. Elle ne pouvait pas davantage dénoncer Stacey. Pour quelle raison ? Pour avoir examiné l'un de ses patients ? C'était sa parole contre la sienne. Stacey était un médecin expérimenté. Face à lui, Jenny n'était rien. Et il avait barre sur Ellen : à la moindre allusion à ce qu'elle avait raconté à Jenny, il répondrait qu'elle était paranoïaque ou psychotique. Il fallait trouver un autre moyen de le démasquer, et le plan d'Ellen en valait bien un autre.

En sortant de l'hôpital, Jenny monta dans un bus où elle put s'asseoir. Ellen était visiblement terrifiée, mais

Jenny ne considérait pas sa peur comme le symptôme d'un désordre psychique. Elle avait des raisons personnelles de croire ce qu'Ellen lui avait raconté.

La première concernait le docteur Stacey. Jenny se méfiait de lui, et cette méfiance était sans aucun rapport avec Ellen. Elle ne s'était jamais sentie à l'aise avec lui, car elle devinait sous ses manières engageantes et son sourire charmeur une personnalité tout autre. Enfin, c'était lui qui avait déclaré qu'Ellen risquait d'être perturbée et qu'on ne pouvait donc se fier à sa parole.

La seconde raison était liée à ce que lui avait laissé entendre Ruth, cette collègue qui avait travaillé dans la clinique privée de Stacey. Originaire du Nord-Est de l'Angleterre, Ruth était une fille pragmatique et cordiale qui avait la tête sur les épaules. Jenny et elle avaient travaillé ensemble à l'hôpital, étaient devenues amies, et puis Ruth était partie. Jenny ne pouvait la blâmer d'avoir préféré le salaire plus élevé et les conditions de travail plus faciles du privé, mais elles ne s'étaient guère revues depuis. C'était tout à fait par hasard qu'elles s'étaient rencontrées une semaine plus tôt.

Jenny lui avait proposé de prendre un café pour parler du bon vieux temps. Elle avait alors appris que Ruth ne travaillait plus à Cedar Lodge, la clinique de Stacey. La jeune femme s'était montrée étrangement réticente à évoquer les raisons de son départ, mais il était clair qu'elle ne retournerait là-bas pour rien au monde. Curieuse de nature, Jenny avait voulu en savoir plus.

Le visage rond et jovial de Ruth avait soudain pris une

expression tendue et tourmentée, et ses doux yeux bruns avaient anxieusement parcouru la salle comme si elle avait peur que quelqu'un les écoute. Les mains serrées autour de la chaleur réconfortante de sa tasse, elle avait évoqué dans un murmure les « choses étranges, vraiment incroyables, qui arrivaient là-bas ». Rechutes incompréhensibles, morts inattendues, incidents qu'il était impossible d'expliquer rationnellement. « Un drôle de micmac », avait-elle conclu. Elle paraissait nerveuse et même effrayée, si bien que Jenny n'avait pas insisté. Elles avaient ensuite abordé des sujets plus faciles et rassurants. Elles s'étaient quittées peu après et Jenny ne l'avait pas recroisée, mais elle avait gardé la nette impression qu'il se passait quelque chose de très inquiétant dans cette clinique. Et cela, bien avant d'avoir fait la connaissance d'Ellen Forrest.

La troisième raison était le journal intime. Quand Ellen lui avait remis l'enveloppe matelassée qui le contenait, celle-ci était fermée. Jenny avait lu le journal pendant qu'elle dormait.

Tout y était. Le troisième volume commençait par le récit de la poursuite nocturne du comte à travers les rues d'East End. L'enlèvement d'Ellen Laidlaw, puis sa confrontation avec le comte et la comtesse à bord du navire, tout se déroulait exactement comme son arrière-arrière-petite-fille l'avait raconté à Jenny.

À la suite de sa quasi-noyade, l'Ellen du journal avait attrapé une pneumonie. Pendant sa convalescence, elle avait demandé à Tom de consigner par écrit sa propre version de ces événements, ce qu'il avait fait. La feuille sur laquelle il l'avait écrite était insérée à la fin du volume. Le récit était rédigé dans une écriture nette et anguleuse, très différente de celle d'Ellen. Non daté, il débutait ainsi :

Très chère Ellen,

Tu m'as demandé de rédiger ma version des événements de cette terrible nuit. La voici.

Dès que j'ai découvert ta disparition, j'ai compris qu'il t'avait enlevée. Craignant pour ta vie et pour ton âme, je suis parti à la recherche de Caspar. Il était au bord du fleuve, à Hudson Wharf. Ses amis et lui surveillaient le port de Londres. Ils avaient repéré une goélette en partance pour un port de la mer Noire, affrétée par Szekelys. Le capitaine était resté évasif sur le jour de l'embarquement, mais le navire était très chargé et prêt à prendre la mer. Caspar le surveillait. Quand je suis arrivé, il m'a informé que le comte et la comtesse n'avaient pas encore embarqué. J'en ai éprouvé le plus grand soulagement, car je redoutais que le navire soit déjà parti avec toi à bord, mais Caspar a affirmé que le capitaine devait attendre la marée haute. C'est en effet seulement à ce moment-là que les vampires peuvent traverser la mer.

Un brouillard soudain a surgi de l'eau alors que le fleuve montait, dissimulant la goélette. Nous percevions à distance le grincement de la passerelle et les jurons des marins en train de hisser à bord ce qui nous est apparu comme un lourd cercueil. Nous avons entendu la voix du comte saluant le capitaine et le rire grave et sonore de la comtesse. Nous sommes montés dans une chaloupe pour suivre le navire qui s'éloignait vers le large. Nous l'avons approché d'aussi près que possible et nous nous apprêtions à monter à bord quand nous avons entendu hurler : « Au feu ! » Nous avons alors vu Ivan s'approcher du bastingage et lancer quelque chose par-dessus bord. Dieu soit loué, tu es tombée près de nous. Tes jupes t'ont maintenue un instant à la surface avant que tu ne coules. Caspar a repéré l'endroit où tu étais tombée et a plongé. Quand il t'a ramenée à la surface, j'ai eu terriblement peur que tu te sois noyée, mais nous avons senti ton pouls battre faiblement et irrégulièrement. Caspar et moi-même t'avons ranimée. Quand tu as recommencé à respirer, j'ai cru assister à un miracle.

Je suis allé voir ton père et je lui ai tout raconté. Il était presque fou d'angoisse, et de fureur contre son propre aveuglement sur la véritable nature du comte et de la comtesse, contre son orgueil qui l'avait poussé à affirmer envers et contre tout que la maladie du comte était d'ordre purement médical et qu'il pouvait y remédier. Je lui ai également ouvert mon cœur sur mes sentiments pour toi. J'avais failli te perdre. Je ne pouvais plus me taire. Je ne savais même pas si cet amour était partagé. Maintenant, j'en suis sûr et je ne saurais te dire combien j'en suis heureux.

Avec tout mon amour,
Tom

Suivait un post-scriptum :

Ivan est réapparu à l'hôpital et quand j'ai expliqué au docteur Laidlaw le rôle qu'il avait joué dans ton sauvetage, il l'a accueilli à bras ouverts. Le capitaine et l'équipage du navire ont échappé à l'incendie et à l'explosion qui a suivi, mais on n'a retrouvé aucune trace du comte et de la comtesse. Personne ne sait rien à leur sujet…

Le bus fit une embardée à l'approche de l'arrêt, rappelant Jenny à la réalité du présent. Assis sur le mur, Andy l'attendait. Il ne la reconnut pas aussitôt. Elle avait une tout autre allure en tenue civile, veste en daim, jean et bottes. Ses cheveux noirs étaient impeccablement coiffés à la garçonne. Il la prit tout d'abord pour une étudiante.

– Bonjour, dit-il en dégringolant de son perchoir. Je suis désolé, je...

– … ne vous avais pas reconnue, c'est cela ? acheva-t-elle avec un sourire. Ce n'est pas grave, peu de gens me reconnaissent quand je ne porte pas ma tenue d'infirmière. Merci d'être venu, Andy.

– Et Ellen ? Comment va-t-elle ?

– Beaucoup mieux physiquement. Son taux de globules est remonté et elle n'a plus besoin de perfusion, mais…

– Mais ?

– J'ai lu le journal intime, moi aussi. La nuit dernière, pendant qu'elle dormait. Ellen a un plan et j'ai accepté de l'aider.

– Quel plan ?

– Un plan tout simple. Ce soir, avant la visite de Stacey, je prendrai sa place afin qu'elle puisse quitter l'hôpital.

Andy la dévisagea.

– Comment ça pourrait marcher ? Elle est… et vous êtes…

– Chinoise ? Eurasienne, rectifia Jenny. Nous avons la même taille et la même stature. L'hôpital offre des soins de beauté, car il considère que cela fait partie de la thérapie…

– Et alors ?

– J'ai pris rendez-vous chez le coiffeur pour Ellen ce matin à dix heures, avant la visite de Stacey, afin qu'il puisse la voir avec sa nouvelle coiffure… et que ça ne lui paraisse pas bizarre une fois que nous aurons fait l'échange. Si nous réussissons, elle sera en sécurité. Je vais prendre ça, expliqua Jenny en sortant un dictaphone de sa poche. S'il tente quoi que ce soit, je l'enregistrerai.

– Mais… si c'est vraiment un vampire, ça ne l'arrêtera pas. Et vous ne pourrez pas rester à la place d'Ellen jusqu'à la fin des temps.

– Je sais. J'ai une idée pour régler ce problème. J'aimerais que vous m'accompagniez.

– Où allons-nous ?

– À Chinatown. Nous aussi, en Chine, nous avons nos vampires, expliqua Jenny alors qu'ils avançaient dans des rues populeuses. On les appelle les *Kang-Shi*. Ce sont les esprits des morts. Ils se nourrissent de sang comme les vampires européens. Ils ont des yeux rouges lumineux et portent des costumes datant de… je ne sais pas au juste, la dynastie des Ming, je crois. Ils se déplacent par groupes de quatre, les bras tendus, comme ça, dit-elle en imitant le geste. Et ils avancent par bonds.

– Ils doivent plutôt se faire remarquer dans la foule, non ? demanda Andy, et il examina fiévreusement la rue et les passants qui faisaient leurs achats de Noël, comme s'il était à la recherche d'une bande de vampires chinois sautillants.

Jenny éclata de rire :

– C’est devenu chez nous un sujet de plaisanterie, et on a tourné quelques très mauvais films sur eux. À mon avis, plus personne n’y croit aujourd’hui, plus vraiment, mais ils sont censés être malfaisants.

– Et comment vous en débarrassez-vous ?

– Avec la bonne vieille méthode : on prend un épieu et… (Elle fit le geste d’enfoncer quelque chose.) Mais il y a d’autres moyens, acheva-t-elle.

Chapitre 21

Andy ne pouvait comprendre les caractères chinois imprimés sur la porte, mais ils signifiaient : « Centre d'herboristerie ». Dans la vitrine, les étagères étaient chargées de flacons en verre contenant à première vue le genre d'herbes séchées et d'épices que l'on peut trouver dans les magasins de produits diététiques. En y regardant de plus près, Andy se rendit compte que les morceaux d'écorce filandreux et velus et les racines étrangement contournées provenaient de plantes qu'il ne connaissait pas. Les bocaux voisinaient avec des pieds et des têtes en porcelaine minuscules sur lesquels de nombreuses lignes délimitaient des sections. À l'arrière-plan était exposée une planche anatomique différente de toutes celles qu'Andy avait pu voir à l'école. Le corps qu'elle représentait, un écorché, était sillonné de lignes. Des champs d'énergie, lui expliqua Jenny, des méridiens, utilisés en acupuncture.

Ils venaient consulter l'oncle de Jenny, qui était propriétaire de ce magasin. Jenny s'adressa au jeune homme de l'accueil et le suivit vers le fond. Comme ils parlaient chinois, Andy n'avait aucune idée de ce qu'elle avait pu lui dire. Il eut tout le temps d'examiner la planche avant son retour.

– Mon oncle va nous recevoir, annonça-t-elle.

Andy la suivit dans un bureau sans trop savoir à quoi s'attendre. Il remarqua un ordinateur, et l'homme vêtu d'un complet gris clair qui vint à leur rencontre avait l'allure d'un homme d'affaires. Il était impossible de deviner son âge. Il était mince et sec, avec une peau lisse et des cheveux argentés. Andy lui aurait donné la cinquantaine environ, mais lorsqu'il sourit, son visage se plissa en une multitude de rides. Ses petits yeux noirs étaient perspicaces et avisés, son regard calme et assuré.

Tandis que Jenny lui parlait rapidement en chinois, il l'écouta avec attention, en hochant la tête de temps à autre. Quand il lui répondit enfin, ce fut dans un anglais formel, irréprochable et teinté d'un léger accent :

– Ce que vous me demandez est tout à fait inhabituel, et même peu orthodoxe. Mon instinct me souffle de vous répondre que je ne peux rien faire pour vous. Je suis un praticien respectable, pas un sorcier… (Il éleva la main pour couper court à toute interruption.) Mais tu es ma nièce et j'ai une dette envers ton père. Je vais donc essayer de t'aider. Il existe une potion contre les *Kang-Shi*. (Il regarda Andy.) Quant à savoir si elle a le moindre effet sur la variété européenne, c'est une autre affaire, ajouta-t-il en écartant ses petites mains manucurées.

– C'est notre seule chance, répondit Andy.

– Alors saisissez-la, mais faites bien attention : vous

n'aurez pas droit à l'erreur. Cette potion agit comme un poison, soit rapidement, auquel cas votre problème sera aussitôt résolu, soit plus lentement. Dans ce cas, vous devrez le retrouver.

– Où ira-t-il ?

– Chez lui, dans un cercueil ou dans une crypte. D'après ce que vous m'avez raconté, il peut mener une vie normale sans s'y rendre chaque jour, mais cet endroit existe bel et bien quelque part. Si votre vampire est empoisonné et affaibli, il devra aller là-bas pour se rétablir. Il vous faudra alors le retrouver et le tuer sans tarder – vous n'aurez pas plus d'une journée devant vous. Je peux vous donner de quoi le piéger.

– Quoi donc ? demanda Andy.

– Des sorts, comme vous les appelez, je crois, des fils imprégnés de cette potion qui le plongeront dans l'inconscience afin de vous laisser le temps d'agir. N'oubliez jamais qu'il est doué d'une force surhumaine, supérieure à celle de plusieurs hommes réunis, et que plonger un épieu dans le cœur de quelqu'un n'est pas aussi facile que ça le paraît dans les films. Ça va demander du temps de rassembler tous les ingrédients nécessaires, dit-il en reprenant le ton d'un homme d'affaires, car je n'en ai que quelques-uns ici. Certains sont rares, difficiles à se procurer, et je vais devoir consulter d'autres spécialistes que des médecins.

– Combien de temps vous faudra-t-il ? demanda Jenny.

– Jusqu'à ce soir.

– Vers quelle heure ?

– Je ne sais pas encore. Téléphone-moi.

– Merci, dit Jenny, et elle s'inclina.

Il fronça les sourcils et parut soudain son âge.

– Ne me remercie pas encore, répondit-il en tendant la main vers son téléphone.

En sortant du magasin, ils se rendirent dans un café de Soho.

– Même si tu as cette potion, dit Andy alors qu'on leur apportait leurs cafés, je ne vois toujours pas comment tu pourras la faire prendre à Stacey.

– C'est moi qui la boirai, répondit Jenny. Comme ça, si c'est un vampire, il l'absorbera à son tour.

– Enfin, je ne sais pas, mais… ça me paraît vraiment risqué, fit Andy en fronçant les sourcils.

– Qu'as-tu d'autre à proposer ?

Il haussa les épaules et remua son café.

– Hé oui ! C'est la seule solution, Andy, crois-moi…

– Je ne dis pas le contraire, mais…

– As-tu une autre idée ?

– Euh, non, pas pour l'instant, en tout cas…

– Tu vois ? Je ne crois pas que nous ayons le choix. Et puis on n'en arrivera peut-être pas là…

Mais ils ne se faisaient guère d'illusions là-dessus. Jenny le regarda droit dans les yeux et il soutint son regard.

– Je suis une grande fille. Je peux me débrouiller toute seule, conclut-elle. Ne t'inquiète pas pour moi. Et maintenant, va retrouver Ellen.

Andy alla à pied à l'hôpital. Ils avaient décidé de ne pas parler de la potion à Ellen. Jamais elle n'accepterait que Jenny coure un tel risque pour elle. Si elle l'apprenait, elle risquait de refuser l'échange. Il valait donc mieux ne pas l'inquiéter inutilement.

La chambre d'Ellen était la deuxième à droite avant la grande salle. La porte était fermée. Andy frappa doucement, sans obtenir de réponse. Il frappa de nouveau, plus fort cette fois-ci, et se sentit aussitôt coupable. Il voulait la voir, lui parler, mais surtout pas la réveiller si elle dormait. Il approcha l'oreille de la porte et écouta. Toujours rien. Il tourna la poignée, simplement pour jeter un coup d'œil à l'intérieur. Si elle dormait, il repasserait plus tard.

La porte s'ouvrit toute grande et Andy sentit son cœur bondir dans sa poitrine. Le matelas était nu, la literie nettement empilée. Tout le matériel médical avait disparu, ne laissant qu'une rangée de prises vides. Immobile, Andy contemplait la pièce comme si elle pouvait lui donner une explication, et puis il se détendit soudain. Il avait dû se tromper de chambre, c'est tout. Cela pouvait facilement arriver, car toutes se ressemblaient dans ces kilomètres de couloirs uniformes. Il regarda le nom. Il ne s'était pas trompé.

Peut-être l'avait-on transférée ailleurs. On déplaçait continuellement les malades.

Ou bien…

Un lit d'hôpital nu et vide. Il ne pouvait y avoir qu'une seule autre explication.

L'infirmière de service qui passait juste à ce moment-là sourit devant son air atterré :

– Ne vous inquiétez pas, tout va bien. Elle a seulement été transférée.

– Où ? Dans une autre partie de l'hôpital ? demanda Andy, avec un regard vers le long couloir.

– Non, à Cedar Lodge. Vous connaissez ?

Andy fit signe que oui. Il connaissait Cedar Lodge. C'était tout près de chez lui, un ancien hôpital, avec un terrain immense, qui était longtemps resté désaffecté. Il avait vu progresser les travaux et lu le panneau annonçant : *Acheté pour aménagement privé*, sans avoir la moindre idée de l'identité du nouveau propriétaire. Sur un côté au moins, le terrain jouxtait le cimetière.

– Comme un lit venait d'être libéré à Cedar Lodge, on l'a transférée cet après-midi, poursuivit l'infirmière, qui interprétait son silence comme une interrogation. Le docteur Stacey pourra mieux prendre soin d'elle là-bas. C'est sa clinique privée.

Il semblait à Jenny qu'elle venait à peine de fermer les yeux et de poser la tête sur l'oreiller quand le téléphone sonna.

– Allô ?

– C'est moi, Andy. Désolé de te déranger, mais c'est au sujet d'Ellen. Je suis allé à l'hôpital...

– Et alors ? demanda Jenny, bien réveillée à présent.

– Ils l'ont transférée... à la clinique de Stacey. J'ai téléphoné là-bas, mais ils refusent de me dire quoi que ce soit. Ils ne veulent même pas me dire comment elle va, sans parler de me la passer. Maintenant qu'il a réussi à l'amener là-bas, je ne vois pas comment tout ce que nous avions préparé pourra marcher… (Dans sa voix, la frustration se muait en panique.) Qu'allons-nous faire ?

– Où es-tu ?

– Toujours à l'hôpital.

– Bon, on se retrouve chez mon oncle.

– Quand ?

– Dans une demi-heure.

Jenny raccrocha et consulta son réveil. Il était cinq heures et quart. Un appel à son oncle lui apprit que la potion serait prête vers six heures. Elle composa un autre numéro.

– Bonjour, Ruth Perry à l'appareil…

– Bonjour, Ruth. C'est moi, Jenny, Jenny Cheung…

Ruth se montra amicale et heureuse d'avoir de ses nouvelles. Jenny sourit et lui expliqua ce qu'elle voulait. Elle croyait à la chance et, jusqu'ici, la sienne ne l'avait pas abandonnée. Elle pressentait qu'il lui en faudrait une bonne dose jusqu'au lendemain matin.

– Alors, tu l'as ? demanda Andy alors qu'elle ressortait du magasin. Jenny lui montra le flacon en porcelaine, qui était blanc, tirant sur un bleu presque translucide. Il mesurait environ une dizaine de centimètres de haut et était large avec un col étroit. Il était bouché, scellé à la cire rouge et noué de fils de soie noire.

– Qu'y a-t-il dedans ? reprit Andy.

– Ne me le demande pas. Je parle sérieusement ! (Elle

fronça les sourcils devant son sourire et passa le doigt sur le sceau pour lire comme en braille les caractères imprimés.) Mieux vaut ne pas savoir ce qu'il contient.

Chapitre 22

– Je suis à vous dans une minute. Voulez-vous vous asseoir ?

La jeune femme au téléphone à l'accueil lui sourit. Le badge de la clinique indiquait son nom : *Cathy Pierce.*

Andy lui rendit son sourire, mais resta devant le comptoir. Il promena un regard autour de lui. La salle était impressionnante : moquette épaisse, douce musique de fond, confortables fauteuils groupés autour de petites tables en verre couvertes de magazines. Le tout rappelait plus un luxueux hôtel de province ou un club de golf qu'un hôpital.

– Bien, dit la jeune femme après avoir mis fin à sa communication téléphonique. Que puis-je pour vous ?

– J'aimerais avoir un renseignement, au sujet de ma sœur…

Les lourdes portes vitrées s'ouvrirent derrière lui, laissant entrer une bouffée d'air glacial, et une silhouette emmitouflée se dirigea vers l'accueil. Le bonnet bien enfoncé sur le front resta en place, mais une main gantée abaissa l'écharpe pour que sa propriétaire pût parler :

– Bonjour, je suis Su Lin Chen. C'est l'agence pour l'emploi qui m'envoie.

Cathy fronça les sourcils et vérifia le planning :

– Je n'ai aucune information à ce sujet...

– Quelqu'un nous a téléphoné cet après-midi, pour quelques personnes qui avaient la grippe, apparemment.

– Si vous voulez bien attendre un instant que j'en aie fini avec monsieur...

– Comment s'appelle votre sœur ? demanda-t-elle à Andy.

– Ellen. Ellen Forrest.

– Quand a-t-elle été admise ici ?

– Cet après-midi, je crois.

– Je l'ai : *Ellen Forrest, bâtiment des Campanules, chambre 12.* C'est au rez-de-chaussée de l'aile est.

– Pouvez-vous me laisser passer ? demanda l'infirmière envoyée par l'agence. Je suis déjà en retard.

– Savez-vous où vous devez aller ?

– Oui, j'ai déjà travaillé ici.

L'accueil était censé être informé de l'arrivée de tout personnel supplémentaire, mais maintenant que l'infirmière était là, autant la laisser entrer. D'ailleurs, même si elle repartait, l'agence enverrait sa facture à la clinique.

– Bon, allez-y. N'oubliez pas de signaler votre arrivée au bureau de l'infirmière en chef, répondit Cathy en lui désignant le deuxième couloir. Je suis désolée, dit-elle à Andy. Où en étions-nous ?

Andy se pencha vers le comptoir, aimable et gentil, et raconta toute une histoire sur sa famille à Cathy, qui ne remarqua pas que l'infirmière passait devant la porte du deuxième couloir pour en franchir une autre, sur laquelle on pouvait lire : *Bâtiment des Campanules.*

– J'aimerais vraiment la voir maintenant, poursuivit Andy. Je suis venu exprès de Newcastle – c'est là-bas que je fais mes études. Je suis parti dès que j'ai su qu'elle était tellement malade, mais quand je suis arrivé à l'hôpital, on m'a appris son transfert…

Cathy l'écouta avec patience, tout en sachant pertinemment que, si émouvant que fût son récit, la réponse n'en serait pas moins négative. Les heures de visites étaient depuis longtemps terminées. Celles-ci étaient autorisées pendant la journée, mais interdites le soir, sauf accord préalable. Le docteur Stacey était très strict là-dessus, expliqua-t-elle à Andy. Certains patients, gravement malades, avaient absolument besoin de repos, et les visites pouvaient se révéler très éprouvantes pour eux. Du reste, c'était le règlement. On avait déjà eu des difficultés avec des familles qui réclamaient un accès de jour comme de nuit. Si l'on faisait une exception ne serait-ce que pour un visiteur, l'hôpital serait bientôt envahi. Il devrait donc revenir le lendemain.

– Mais je dois repartir à Newcastle demain matin ! Vous ne pouvez pas faire une exception seulement pour cette fois ?

Cathy poussa un soupir, prête à lui répéter toutes les raisons pour lesquelles c'était impossible. L'infirmière envoyée par l'agence repassa devant eux, toujours emmitouflée, le col de son manteau relevé. Finalement, on n'avait pas besoin de ses services. C'était probablement une erreur de l'agence, une confusion sur la date. Ça arrivait sans arrêt.

– C'est bon, c'est bon ! dit enfin Andy en levant les mains en signe de capitulation. Vous avez gagné : je prolonge mon séjour. À plus tard.

Il lui adressa un sourire et un salut de la main avant de se diriger vers la sortie. Un courant d'air froid s'engouffra dans le hall tandis qu'il sortait derrière l'infirmière. Il avait renoncé plus vite que Cathy ne s'y était attendue.

Au-dehors, Ellen ôta son bonnet et secoua ses cheveux coupés aussi courts que ceux de Jenny.

– Ça va ? demanda Andy en passant un bras autour de ses épaules. Tu es sûre d'avoir assez de forces ?

– Je me sens mieux rien que d'être sortie, répondit Ellen. (Elle déroula son écharpe et sourit.) De toute façon, il faudra bien que je tienne le coup, non ?

– Alors allons-y. J'ai emprunté la voiture de mon frère pour pouvoir suivre Stacey dans sa cachette. Nous allons l'attendre sur le parking. Tout s'est bien passé avec Jenny ?

– Oui, très bien.

L'apparition de Jenny dans l'encadrement de la porte avait été comme une réponse à ses prières. Ellen lui avait pourtant dit qu'elle n'était pas obligée de faire cet échange, pas maintenant, mais Jenny avait insisté. Elle lui avait répété de ne pas s'inquiéter, que tout était arrangé : elle prendrait sa place juste le temps qu'il faudrait, et puis elle s'en irait. Elle avait une tenue d'infirmière. Elle pourrait repartir avec les autres infirmières.

– Jenny nous retrouvera ici quand elle sortira, expliqua Andy. Enfin, si tout se passe comme prévu…

– Qu'est-ce qui doit se passer comme prévu ? (Alarmée par l'incertitude qu'elle percevait dans la voix de son ami, Ellen le dévisagea.) Il y a autre chose, c'est ça ?

– Oui.

– Dis-moi ce que c'est.

– Il vaut mieux que tu n'en saches rien…

– Dis-le-moi !

Andy céda et lui expliqua leur plan avec le remède chinois.

– Mais comment va-t-elle le lui faire boire ? demanda Ellen (Et puis elle comprit soudain : Jenny allait utiliser son propre sang comme sérum pour le contaminer.) Oh non, Andy ! (Horrifiée, elle se retourna vers la clinique.) C'est moi qui devrais faire ça ! Ce n'est pas juste !

– Non, c'est trop dangereux, répondit Andy en l'entraînant. Ça risquerait de t'empoisonner. De toute façon, c'est trop tard, maintenant : elle doit l'avoir bu. Laisse tomber, dit-il, et il la serra contre lui. Laisse tomber !

C'étaient les heures creuses de la nuit, pendant lesquelles le sommeil est profond, sans rêves, et même les travailleurs nocturnes, ceux qui font les trois huit ou les infirmières de garde, sentent leurs paupières s'alourdir dans les périodes d'inactivité et sursautent avant de retomber dans leur somnolence.

Cedar Lodge était enveloppé dans un silence si absolu, si omniprésent que le plus léger son était démultiplié, mais Stacey ne fit aucun bruit alors qu'il prenait le couloir du fond pour gagner la chambre d'Ellen. Il ne projeta pas d'ombre dans la lueur bleue de l'éclairage de secours. Sa silhouette ne se refléta pas dans les tableaux et les photographies sous verre, les miroirs et le verre dépoli des portes. Au fil des ans et des siècles, il avait perfectionné sa faculté de passer d'un état à un autre. De jour comme de nuit, il pouvait donner l'illusion d'être un être humain, s'il le voulait, si c'était dans son intérêt, mais cette nuit-là, il en allait autrement : cette nuit, il était quelqu'un d'autre, il était le comte Fransz Szekelys.

Cette nuit était à part, même si peu d'habitants de l'Angleterre moderne en avaient conscience. Peut-être, dans les pays catholiques, qui connaissent encore les fêtes des saints, peut-être savait-on que la journée du lendemain, le 30 novembre, était la Saint-André. Dans son pays, il en allait ainsi. À l'autre bout d'un continent sillonné d'autoroutes, surveillé par des satellites, émaillé de conurbations industrielles, de centrales nucléaires et de complexes pétrochimiques, un peuple, son peuple, dans des campagnes perdues ou en haute montagne, se souvenait qu'on était la veille de la Saint-André.

Ceux-là prendraient garde à être rentrés chez eux avant le coucher du soleil, car ils savaient qu'aux douze coups de minuit, toutes les créatures maléfiques seraient libres de parcourir la Terre. Dans les pays où de telles croyances, n'importe quelles croyances, étaient proscrites depuis cinquante ans ou plus, de vieilles femmes se signeraient et se barricaderaient chez elles, condamnant portes et fenêtres avec autre chose que des verrous et des barres : guirlandes d'ail, croix de cendres, épines de roses sauvages, branches de sorbier et brindilles de houx. Dans des sociétés pourtant renommées pour leur bienveillance et leur hospitalité, les inconnus n'étaient pas bienvenus cette nuit-là, et personne n'était invité à franchir le seuil des demeures, de crainte qu'il ne se révèle être un mort vivant, un revenant – ou *obour, strigoi, vrykolakas, vampyr, nosferatu*.

Il s'approcha de la dernière chambre, la seule occupée dans cette partie du bâtiment. La chambre suivante, celle de l'étage supérieur et toutes celles qui étaient de l'autre côté du couloir avaient été tout récemment vidées. Il fit une pause pour savourer cet instant, et puis ses doigts osseux se détendirent et ses longs ongles pointés comme des griffes tambourinèrent sur la porte dont il tourna doucement la poignée.

Il entra, les sens en éveil. Des grains de pollen tous distincts les uns des autres étaient éparpillés sur la table ou adhéraient à la surface rugueuse de pétales ouverts et recourbés, charnus et veinés comme des langues humaines. À plusieurs kilomètres de distance, une horloge sonna au cœur de la ville. Dans l'angle de la pièce résonnait le bourdonnement léger d'une araignée tissant sa toile.

Ses perceptions étaient toujours aussi affinées lorsqu'il

s'approcha du lit. Sa faim était si forte que ses yeux rougeoyèrent. Il voyait comme à travers un voile de gaze rouge. La pièce et tout ce qu'elle contenait étaient teintés d'écarlate. Le seul bruit qu'il entendait à présent était le rugissement rythmique, puissant et régulier du sang dans des veines.

Elle était allongée, la tête détournée. Ses cheveux coupés court la veille découvraient son long cou. Il se pencha sur elle et choisit un emplacement à quelques centimètres au-dessous de l'oreille. Il la mordit une première fois, tendrement, avec espièglerie, avant de plonger ses incisives acérées dans la chair. Les yeux de la jeune fille se révulsèrent sous leurs paupières. Il avait tout son temps. Il pouvait rester jusqu'à l'aube s'il le voulait, elle ne se réveillerait pas, elle ne remuerait pas, elle ne se douterait jamais de rien.

Chapitre 23

La relève de l'équipe de nuit à la clinique avait lieu avant l'aube. Andy et Ellen attendaient sur le parking tandis que le personnel commençait à sortir de l'hôpital. Quelques infirmières s'attardaient pour bavarder, mais la plupart se hâtaient, impatientes de rentrer chez elles, fatiguées après une longue nuit.

Jenny apparut, en tenue d'infirmière, les mains enfoncées dans les poches de son gilet. Elle se dirigea droit vers la voiture et s'assit à l'arrière.

– Ça va ? demanda Ellen.

Jenny acquiesça. Elle était très pâle.

– Alors ? Que s'est-il passé ? demanda Andy. Est-ce que Stacey est venu ?

– Oui, enfin, je ne suis pas tout à fait sûre que c'était lui, répondit-elle en portant la main à son cou, mais quelqu'un ou quelque chose est venu.

– Qu'est-ce que c'est ?

Tout le côté droit de son cou était couvert d'un bandage de gaze carré.

– Un pansement de l'infirmerie.

Jenny défit les sparadraps avec précaution. Andy s'attendait à voir deux minuscules incisions bien nettes comme dans les films, mais cela ressemblait plus à une balafre, une profonde entaille qui s'ouvrait à quelques centimètres au-dessous de l'oreille et barrait le cou sur la longueur d'un doigt. Elle n'était ni rouge, ni enflée, mais elle avait une vilaine allure, plissée comme une blessure qui a séjourné dans l'eau. Les bords légèrement retroussés étaient pâles et bleuâtres.

– Ça fait mal ? demanda Ellen.

Jenny secoua la tête :

– Non, pas du tout, c'est ça le plus étrange. Ne vous inquiétez pas, je m'en remettrai, répondit-elle en s'arrachant un faible sourire.

Soulagée, Ellen sortit de voiture. Andy se retourna vers elle :

– Ellen ? Que fais-tu ?

– Je dois retourner là-bas avant qu'ils remarquent mon absence. Si je rentre maintenant avec l'équipe de jour, je risque moins de me faire repérer. Il n'y a pas d'autre solution, alors n'essaie pas de discuter. S'ils ne me trouvent pas, ça va faire toute une histoire…

– Je suppose que tu as raison…

Il comprenait la logique de son argument, mais après ce qui était arrivé à Jenny, il répugnait à la laisser repartir.

– D'accord, mais surtout, ne prends aucun risque. Promets-le-moi…

– Je te le promets. Je sortirai aujourd'hui même, dès

que possible. Et s'ils refusent, je signerai moi-même la décharge.

– Où est Stacey ? demanda Andy en regardant Ellen franchir les portes. Encore à l'intérieur ?

Jenny haussa les épaules :

– Je ne sais pas. Son nom est inscrit sur le tableau de service.

– Sa voiture est toujours là.

La Jaguar était garée sous un panneau à son nom.

– Le voilà !

Jenny saisit le bras d'Andy et lui montra une silhouette sombre qui s'éclipsait par une porte de service. Ignorant sa voiture, il contourna le bâtiment de l'hôpital en rasant le mur.

Andy ouvrit sa portière.

– Où vas-tu ?

– Sur ses traces. Donne-moi ce sac.

Jenny souleva le sac à dos posé à côté d'elle. Il paraissait presque vide, mais pesait lourd. Elle savait ce qu'il contenait.

– Prends aussi le… commença-t-elle, et puis elle se souvint : ce que son oncle lui avait donné était dans la poche de son manteau, et c'était maintenant Ellen qui le portait.

– Ça ira comme ça, répondit Andy. (Il avait dévalisé la remise à outils de son frère pour se procurer un burin, un maillet, une lourde lampe torche et quelques piles.) J'ai tout ce qu'il me faut.

– Bonne chance. Fais attention !

– Merci. Ne t'inquiète pas. (Il passa le sac à son épaule.) À plus tard.

Andy traversa le parking et se dirigea vers l'arrière du bâtiment. Il n'avait pas besoin d'expliquer où il allait. À l'arrière de la clinique, le terrain s'étendait jusqu'à un long mur en pierre qui marquait la limite nord du cimetière.

Il disparut bientôt dans le brouillard matinal, qui semblait épaissir à l'approche du jour, comme parfois à cette époque de l'année, prolongeant les heures nocturnes et ralentissant la venue de l'aube.

Jenny s'éveilla d'un sommeil léger, alertée par un tapotement proche de sa tête.

– Excuse-moi, je ne voulais pas te réveiller en sursaut, lui dit Ellen alors qu'elle abaissait la vitre de la portière. Je t'ai rapporté ça. (Elle lui tendit un sac en plastique contenant ses vêtements de la nuit précédente.) Ma mère m'a apporté les miens ce matin.

La clinique ne fonctionnait pas comme l'hôpital. Les patients n'étaient pas obligés de passer la journée en pyjama. S'ils étaient en mesure de le faire, on les encourageait à se lever et se déplacer.

– Je suis sortie dès que j'ai pu, reprit Ellen. Où est Andy ?

– Il a suivi Stacey au cimetière. Il n'est pas encore revenu.

– Quand est-il parti ?

– Avant l'aube, juste après toi.

Elles échangèrent un regard. Plusieurs heures s'étaient

écoulées. Et s'il s'était perdu là-bas ? S'il avait eu un accident ? Le cimetière recelait d'autres dangers que Stacey. À certains endroits, des trous gigantesques béaient sous de trompeuses couches de végétation. Ailleurs, un mince revêtement en brique friable était tout ce qui séparait la surface de vastes caveaux et de passages souterrains labyrinthiques.

– Peut-être ferions-nous mieux de partir à sa recherche, dit Ellen, rompant le silence qui pesait sur elles.

– J'y vais, déclara Jenny, et elle vida le sac de ses vêtements.

– Non, pas toute seule. Nous irons ensemble.

– Comment ça va ? demanda Jenny, qui se contorsionnait pour entrer dans son jean. Tu te sens d'attaque ?

– Ça va, répondit Ellen.

De fait, Jenny ne l'avait encore jamais vue aussi bien portante. Ses yeux brillaient et elle avait des couleurs. Le poison devait se répandre dans les veines de Stacey en ce moment même. Son oncle l'avait avertie : plus la jeune fille reprendrait de forces, plus il s'affaiblirait.

– On va remarquer ton absence, non ? demanda Jenny.

– Tout ce qui compte, pour l'instant, c'est de partir à sa recherche. De toute manière, je devais sortir aujourd'hui. Le personnel pourra toujours consigner ma sortie comme un départ prématuré. Allez, viens, maintenant, il faut retrouver Andy.

Jenny fouilla dans la poche de son manteau. Le nécessaire était toujours là. Si Andy ne l'avait pas déjà fait, elles devraient retrouver Stacey et le tuer, sans quoi Ellen recommencerait à s'affaiblir. Et elle-même, songea-t-elle en portant la main à son cou, elle-même en souffrirait également.

– C'est bon, en route, dit-elle.

Elle sortit de voiture et claqua la portière. Discuter davantage ne serait qu'une perte de temps. Elles avaient jusqu'au coucher du soleil pour agir.

Chapitre 24

L'immense cimetière s'étendait devant eux jusqu'au pied de la colline et à des kilomètres à la ronde.

Le brouillard, qui avait paru un moment se dissiper, s'attardait. L'eau gouttait des branches de conifères et d'arbres dénudés. Seul le houx arborait quelque couleur. Il n'était guère surprenant qu'il passe pour une plante qui portait chance et protégeait contre les esprits malfaisants.

Le calme régnait. Pas un bruit ne filtrait de l'extérieur du cimetière, pas même une sirène ou la rumeur de la circulation. Seuls des cris d'oiseaux et la fuite précipitée d'animaux venaient troubler le silence.

Les yeux plissés, Ellen scrutait la végétation alentour, à la recherche d'Andy. Des buissons funéraires comme l'if et le buis atteignaient sept à dix mètres de hauteur. Des arbrisseaux avaient poussé aussi haut que des arbres. Des fourrés envahissaient le sol et recouvraient les monuments de pierre. Noircies par les ans et verdies de mousse, les tombes n'étaient plus que des bosses et des protubérances au milieu d'un océan de lierre. Des caveaux s'étaient effondrés, vandalisés, détruits par l'abandon. De grands pans de murs abattus et éventrés laissaient entrevoir des salles obscures. Des anges en pierre aux ailes rongées ou absentes surgissaient de terre, fixant le vide de leurs yeux aveugles, leurs doigts brisés pointés vers le ciel.

– Regarde, en bas !

L'œil perçant de Jenny avait repéré quelque chose : loin en contrebas, à l'autre bout du cimetière, un éclair bleu et blanc.

– C'est peut-être lui.

Andy portait un anorak Adidas, à trois bandes.

Le chemin décrivait une large courbe vers la droite. Ses bas-côtés étaient éboulés, des dalles fendues s'étaient soulevées et le gravier avait disparu sous une épaisse couche de mousse. Il descendait en une longue spirale qui allait en se resserrant. Bientôt, leur point de départ fut loin derrière d'elles, hors de leur vue.

Devant elles, un grand cercle s'ouvrait au ras du sol. Un immense cèdre dominait l'emplacement, ses branches étendues semblables à des strates noires dans la brume qui se dissipait. Ce n'était pas un lieu où s'attarder. Elles poursuivirent leur chemin et passèrent devant de grandes arches solitaires derrière lesquelles se profilaient des catacombes en ruines. Certaines avaient été profanées et leur contenu pourrissait, éparpillé sur le sol. Des trous aux bords déchiquetés s'ouvraient sous leur pierre brisée. D'étranges symboles défiguraient les piliers. Ce n'était pas du vandalisme fortuit, ni les dégâts commis par des enfants. Au centre du cercle, à même le pavé, gisaient de petits tas de bois noirci et carbonisé, restes de feux.

Tout en veillant à rester en terrain découvert, le plus loin possible de ces ruines, les deux jeunes femmes s'aventuraient maintenant dans le cœur ténébreux de la partie victorienne du cimetière. En dehors du chemin qu'elles avaient pris, trois sentiers s'ouvraient, bordés de grands mausolées, certains indépendants, d'autres accolés au flanc de la colline. Ces édifices étaient très hauts et certains aussi spacieux que des maisons, avec des entrées à colonnades. Aucun d'eux n'avait de fenêtres. De leur vivant, les familles qui reposaient dans ces caveaux et ces mausolées avaient été riches et d'un rang social élevé. Leurs dernières demeures reflétaient cette condition, afin de leur épargner toute déchéance sociale dans la mort.

Ellen pivota lentement sur elle-même pour observer tour à tour les trois chemins. Quelle direction devaient-elles prendre ? Quel sentier avait-il suivi ?

– Alors, tu as une idée ?

Andy avait surgi derrière elle et posé la main sur son épaule, ce qui la fit bondir. Elle se retourna vers lui. Tout un côté de sa veste et de son pantalon était déchiré et boueux. Ses joues et son front étaient balafrés d'écorchures encroûtées de sang séché.

– Ce n'est rien, dit-il en portant la main à son visage.

Ses ongles étaient noirs et cassés, la peau de ses doigts égratignée par des épines acérées.

– J'ai voulu prendre un raccourci et je suis tombé dans un trou, c'est tout, expliqua-t-il. J'ai mis un bout de temps à en remonter.

– Tu as vu dans quelle direction il est allé ?

Andy haussa les épaules :

– C'est difficile de suivre un spectre dans ces conditions. Quand je suis arrivé ici, il faisait encore nuit et il y avait un brouillard à couper au couteau. Je l'avais dans ma ligne de mire, mais tout à coup, il a disparu. Il ne restait plus qu'une traînée blanche, comme de la fumée. (Les sourcils froncés, il cherchait ses mots.) Comme du givre, tu vois ? Mais elle se déplaçait dans le brouillard, très vite, et dévalait la colline. Je l'ai suivie en prenant un chemin parallèle et en faisant de mon mieux pour ne pas me laisser distancer. Et puis soudain, je me suis retrouvé au fond de ce trou, qui était vraiment profond. Il a pris cette direction. (Il regarda autour de lui.) Il doit être encore quelque part par là. On n'a qu'à chercher de ce côté.

Ils approchaient du bout de la longue avenue, quand Andy se retourna soudain. Les chemins semblaient en gros orientés selon les points cardinaux. Celui qu'ils suivaient allait vers l'est. Andy leva les yeux. Il n'avait pas remarqué qu'il était si tard. Le soleil n'était plus qu'un petit disque rouge qui descendait derrière la ligne des arbres. Le brouillard, qui revenait en force, rampait sur le sol à hauteur de leurs genoux. Alors qu'il allait parler, l'expression qu'il lut sur le visage d'Ellen l'arrêta.

– C'est là, dit-elle à voix basse, presque dans un murmure.

Ils étaient dans une impasse. Une imposante grille en fer forgé barrait l'accès du dernier mausolée. Dressé à flanc de colline, c'était un caveau de famille de la haute époque victorienne, un édifice massif en pierre noire et terne. De loin, il paraissait aussi impressionnant qu'au temps de sa construction, mais en s'approchant, on découvrait des moellons éparpillés au pied de ses murs. Des panneaux de la municipalité aux inscriptions rouges sur fond blanc mettaient en garde contre les dangers liés à son délabrement. On avait visiblement tenté d'en prévenir l'effondrement. D'énormes étais en bois le soutenaient et on avait posé des plaques en tôle ondulée sur le toit afin d'en boucher les trous.

Ellen regardait fixement la grille en fer forgé. On aurait pu croire que le motif héraldique surmontant l'entrée était une sorte d'oiseau, peut-être un aigle, voire un phénix, mais il n'en était rien. Les ailes, sur lesquelles subsistaient des traces d'or et d'écarlate, étaient écailleuses, la queue incurvée s'achevait en pointe. La tête tournée de côté était indéniablement reptilienne et les mâchoires grandes ouvertes crachaient du feu. C'était un dragon. Au-dessus de lui s'étalait en lettres noires le nom de la famille :

SZEKELYS

Chapitre 25

Tous trois restèrent un instant immobiles et indécis. Puis Andy sortit le burin et le marteau de son sac pour les mettre dans sa poche.

– Venez, dit-il. Il faut en finir.

Le portail en pierre était consolidé, ainsi que le couloir intérieur. Il n'y avait pas un souffle de vent au-dehors, le temps était paisible, mais quand ils entrèrent dans le mausolée, il parut craquer et trembler sous leurs pas. Leur passage déclencha une pluie de pierres et de poussière.

Les chambres qui s'ouvraient des deux côtés du couloir ne contenaient qu'une litière de décombres provenant du toit ainsi que des traces de présence animale. Pas le moindre reste humain, seulement des nids d'oiseaux, des crottes et des carcasses, vestiges de proies ou d'oiseaux qui s'étaient fourvoyés là et n'avaient pas réussi à s'échapper. Ces chambres étaient vides et l'avaient toujours été. Elles ne servaient à rien. Ce que le mausolée renfermait était sous terre, dans le caveau.

Ils s'arrêtèrent en haut d'une volée de marches. Il faisait plus froid, et l'eau qui gouttait et ruisselait des murs de brique rendait la pierre glissante. Le froid s'accroissait à mesure qu'ils descendaient. Un souffle d'air qui sentait le renfermé monta vers eux, mêlé à des odeurs de terre, d'argile et de décomposition. Ils sentirent également autre chose, un froid plus pénétrant qui semblait suinter des murs et s'insinuer dans leurs pores d'êtres vivants pour glacer leur âme et saper leur volonté.

L'escalier débouchait sur une galerie à arcades. Andy tenait fermement la lampe torche. Son faisceau puissant dévoilait progressivement une longue salle, basse de plafond, avec des murs en brique et une voûte en berceau. Les murs étaient chargés d'étagères sur deux niveaux, apparemment destinées à de nombreux cercueils, mais un seul sarcophage noir se trouvait au centre de la salle, sur une estrade. Il était taillé dans de l'ébène richement sculptée, luisant dans la lumière. Seul l'argent ciselé de ses charnières, noir et terni, indiquait qu'il séjournait là depuis longtemps.

Jenny sortit de sa poche des bouts de papier couverts de colonnes d'idéogrammes chinois et plusieurs longueurs de ce qui ressemblait à du fil noir.

– Ellen, reste ici et garde la lampe braquée sur nous, ordonna-t-elle. Andy, aide-moi à soulever le couvercle.

– À quoi doit servir tout ça ?

– Le soleil va se coucher dans un instant, chuchota Jenny. Des sorts puissants sont inscrits sur ces papiers et ces fils sont imprégnés de poison. Ils colleront à sa peau et l'empêcheront de se lever pendant que tu te prépareras à…

Andy plongea la main dans sa poche alourdie par le marteau et le burin.

Sur le cercueil, une plaque d'argent représentait le dragon. Au-dessous, gravé en lettres gothiques, on lisait le nom :

Szekelys

Le couvercle n'était pas scellé, mais pesait extrêmement lourd. Ils réussirent à le faire glisser centimètre par centimètre. Soudain, ils entendirent un sifflement semblable à celui d'un appel d'air et ils durent détourner la tête pour se soustraire à la puanteur, mélange âcre et écœurant de chair en décomposition et de pourriture fongique, montant vers eux comme un gaz lourd.

Le couvercle tomba à terre avec un fracas qui rappelait un coup de gong. Andy avait évité de penser à ce qu'ils risquaient de découvrir dans le cercueil, mais il s'était attendu à ce que l'intérieur fût doublé de soie ou de satin. En réalité, le corps reposait sur ce qui ressemblait à de la terre, mais était plus probablement du terreau de feuilles. On distinguait ici et là des fragments d'os blancs et poreux au milieu de bouts de bois pourri et de tissu déteint.

Sa poitrine ne se soulevait pas : il était dans un état intermédiaire entre le sommeil et la mort. Peut-être le poison avait-il finalement agi. Le corps était celui de Stacey, mais les vêtements produisaient un effet grotesque sur cet être qui n'avait plus rien d'humain.

Sa cravate était soigneusement nouée sous son visage jauni et déformé comme de la cire fondue. Ses cheveux épais et rudes ressemblaient à ceux d'une perruque bon marché. Les mains sortant des manches du veston étaient refermées, et leurs ongles recourbés comme des griffes se chevauchaient.

Jenny disposa les papiers sur quatre endroits de son corps : le front, les épaules et le haut du ventre. Ensuite, avec le mouvement de va-et-vient d'une tisserande, elle couvrit le cercueil ouvert d'un écheveau de fil noir.

– Ça devrait l'immobiliser, dit-elle, et nous faciliter le travail…

Andy sortit le marteau de sa poche, plaça le burin sur ce qu'il estimait être l'emplacement du cœur et se prépara à frapper.

Un profond silence régnait dans la crypte. Seule Ellen, restée debout en haut des marches, entendit un faible bruit. C'était l'alarme d'une montre digitale, celle d'Andy, mais il était si absorbé par sa tâche qu'il ne l'entendit même pas. Elle était réglée pour sonner à l'heure pile, mais elle avançait : il était en réalité quatre heures moins six, l'instant précis où le soleil disparaissait derrière l'horizon hivernal.

Quelque chose remua dans le cercueil. Soudain, des talons ruèrent contre la toile d'araignée de fil noir. Ce qui était à l'intérieur se souleva lentement, puis tourna la tête. Le pas qu'Andy fit en arrière tenait du réflexe, mais il fut incapable de reculer davantage. Il était comme pétrifié sur place. Il lâcha les outils, qui tombèrent à ses pieds. Il regardait fixement devant lui, sans pouvoir détacher les yeux de cette vision. Les yeux qui plongeaient dans les siens étaient entièrement rouges. Leur blanc était injecté de sang et leurs pupilles dilatées. Les rétines reflétaient la lumière avec un éclat de rubis, comme celles d'un terrifiant prédateur.

Ils n'avaient plus aucune issue. Le soleil était couché, le jour s'effaçait devant la nuit tombante. Le poison chinois était violent et son effet inattendu : il avait affaibli le vampire, mais maintenant que ces jeunes gens l'avaient rejoint dans sa crypte, leur sang pur constituerait un antidote idéal. Il poussa un soupir de satisfaction. Ils avaient tenté de s'opposer à lui. Il était juste qu'ils le paient de leur vie. Ils restaient immobiles, hypnotisés, désemparés. Il les tenait en son pouvoir.

Ses lèvres se retroussèrent, découvrant ses dents. Il avait deux manières de tuer. La première, rapide, était réservée aux créatures de moindre intérêt, comme ces filles des rues qu'il avait égorgées alors qu'il était encore le comte Szekelys. La seconde était plus longue, bien plus subtile et délicieuse. C'était celle qu'il comptait employer ici, en plantant ses incisives aussi acérées que des scalpels dans le côté du cou. Alors ses canines aiguës entreraient en action, pénétreraient dans la carotide comme une seringue hypodermique afin de pomper le sang rouge vif des artères.

Jenny concentrait toute son attention sur lui au point que son cou était douloureux, tandis que le sourire de

Stacey s'élargissait et qu'il commençait à se hisser hors de son cercueil. L'esprit de la jeune femme était engourdi, comme anesthésié, mais une partie d'elle-même perçut néanmoins un léger tremblement dans la voûte du caveau, et elle sentit une poussière de brique pleuvoir sur sa tête et ses épaules. Malgré son apparente solidité, l'édifice en pierre dans lequel ils se trouvaient était aussi fragile qu'une coquille d'œuf. Au-dessus de leurs têtes, les poutres du plafond soutenaient une partie du flanc de la colline. Leur bois de piètre qualité ne pouvait supporter indéfiniment un tel poids. Semaine après semaine, mois après mois, la tension à laquelle il était soumis n'avait fait que croître, si bien que les poutres étaient près de se rompre comme des allumettes.

Le grincement du bois qui cédait lentement était trop imperceptible pour atteindre le sous-sol, mais tous entendirent le bruit de la chute de pierres qui s'ensuivait et sentirent sur le sol de l'étage supérieur l'impact des poutres, qui fit vibrer les murs autour d'eux.

Des débris de mortier humides et pourris par des décennies d'infiltrations tombèrent sur le visage levé de Jenny. Partie de l'autre extrémité du plafond, une lézarde s'ouvrit lentement dans le revêtement en brique comme une fermeture éclair. Jenny saisit la main d'Andy et l'entraîna vers l'escalier où Ellen les attendait. Main dans la main, ils remontèrent les marches dans une course frénétique pour gagner la porte avant d'être ensevelis sous des tonnes de pierres.

Ils sortirent juste à temps. Toute la colline semblait

s'effondrer. Les tombes étagées en gradins sur la pente dégringolaient les unes sur les autres comme une pile de dominos.

Ils coururent sans s'arrêter pour regarder l'étendue de la destruction. C'était inutile : le souffle d'air froid et putride, les chutes de pierres et le nuage de poussière qu'ils sentaient derrière eux en disaient assez long.

Ils ne ralentirent qu'en atteignant un portail, une route, les lumières d'une rue. Alors seulement ils regardèrent en arrière. La nuit était tombée, dissimulant le cimetière à leur vue. Il s'étendait dans le lointain, sombre, impénétrable, gardant farouchement ses secrets. Rien ne laissait deviner qu'il était survenu quoi que ce fût d'insolite dans son enceinte ténébreuse.

Ils restèrent un instant immobiles et silencieux, se demandant si ce qui était arrivé suffirait à anéantir Stacey. Peut-être, en ce moment même, se levait-il sain et sauf de son cercueil ?

Le mausolée qui lui avait tenu lieu d'abri provoqua sa perte.

Dans son arrogance, il dédaigna les fils noirs de Jenny comme autant de superstitions paysannes qui ne pouvaient l'affecter. Il ne remarqua donc pas le changement qui s'opérait en eux à son contact : ils devinrent gluants et presque liquides. Quand il voulut quitter son cercueil, ils le retinrent en s'enroulant autour de ses jambes et de son torse comme du caoutchouc.

Il lutta pour se dégager, la tête rejetée en arrière. Il vit alors les pierres dégringoler, les plaques de tôle ondulée rouillée glisser dans la crypte et une poutre brisée traverser le trou béant du plafond pour arriver droit sur lui. Il vit le tout très distinctement en l'espace d'un instant. La poutre transperça sa poitrine avec la précision d'une lance. Tel un marteau géant, un bloc de mortier tombé à sa suite l'enfonça plus profondément, clouant le vampire au sol. Les yeux au ciel, impuissant, il regarda l'une des plaques de tôle gagner les autres de vitesse. Elle s'abattit comme la lame d'une guillotine, le décapitant net. Le crâne qui se détacha du cou s'effritait déjà. Il s'éparpilla sur le sol, ne laissant qu'un tas de poussière aussitôt dispersée.

Chapitre 26

Le docteur Stacey, jadis comte de Szekelys, n'était plus, et le pouvoir qu'il avait détenu sur les vivants était mort avec lui. La blessure au cou de Jenny avait disparu. Elle n'avait pas simplement cicatrisé, elle s'était presque effacée du jour au lendemain, ne laissant qu'une marque bleu pâle semblable à une ligne tracée au stylo bille.

Toutefois, la meilleure preuve de l'anéantissement de Szekelys était Ellen. Elle était complètement guérie et ne s'était jamais aussi bien portée. On la garda quelques jours en observation à l'hôpital, mais on aurait cru qu'elle n'avait jamais eu le moindre ennui de santé. Tous les résultats de ses examens étaient normaux. Les médecins se grattèrent la tête et sa mère crut à un miracle. Ellen savait à quoi s'en tenir, mais elle garda le secret sur sa guérison. Il lui semblait que sa grand-mère se doutait de quelque chose, mais si tel était le cas, elle n'en souffla jamais mot, de même que Jenny et Andy. L'aventure qu'ils avaient vécue ensemble les avait encore rapprochés, mais c'était trop récent pour qu'ils pussent en parler. Ils préféraient se taire pour le moment. Chacun ressentait une crainte superstitieuse à l'idée d'évoquer cette affaire, ou même d'y faire allusion, comme s'ils risquaient ainsi de la ressusciter.

Quant à Ellen, il lui restait une chose à faire avant de reprendre une vie normale : connaître la fin de l'histoire de son arrière-arrière-grand-mère. Elle rouvrit donc le coffre métallique resté sous son lit pour s'immerger de nouveau dans la vie de l'autre Ellen.

Elle sortit du coffre les volumes du journal et les étala soigneusement sur le sol. Au fil des pages, l'écriture toujours nette et élégante devenait moins rigide, plus assurée, perdant sa précision scolaire pour relater une vie d'adulte. Ellen rangea ces volumes afin de les lire plus tard.

Sous le journal, le coffre contenait d'autres papiers, photographies et certificats. Ellen les passa en revue, se passionnant pour ce qu'ils lui révélaient. Un certificat de mariage : *Thomas Macmillan, médecin, et Ellen Isobel Laidlaw, jeune fille de la paroisse.* Le diplôme de médecin d'Ellen Laidlaw-Macmillan. Ellen les reposa pour examiner une liasse de coupures de presse jaunies, maintenues par une agrafe rouillée.

La première mentionnait un autre mariage, celui de miss Marie Barnes, servante, et d'Ivan Szagany, assistant médical.

Au-dessous, Ellen trouva une carte vert pâle ornée dans le style Art nouveau, sur laquelle on pouvait lire :

Enid & Grace Wickham
Mercerie – Magasin de modes

Elle était accompagnée d'une réclame dans le même lettrage, mais en plus grand et plus imposant :

Grand magasin Wickham

L'adresse était celle d'une ville du Nord. Ellen se demanda si le magasin existait toujours.

Venait ensuite un paquet de notices nécrologiques datées du 20 janvier 1897, signées par d'éminents médecins déplorant la mort de l'un des leurs, le docteur Anthony Laidlaw. Ils ne tarissaient pas d'éloges sur son œuvre philanthropique auprès des pauvres du quartier d'East End et ses recherches sur le sang. Sa mort était un coup terrible pour la profession. Tous espéraient que son travail n'aurait pas été vain, qu'il se trouverait quelqu'un pour reprendre le flambeau.

Enfin, Ellen découvrit un certain nombre de carnets, dont les pages carrées et quadrillées contenaient ce qui ressemblait à des dossiers sur des antécédents familiaux étayés de commentaires. C'était visiblement des études de cas. Ellen s'apprêtait à les ranger pour les lire plus tard quand l'une de ces notes, rédigée dans l'écriture nette qui lui était devenue familière, retint son attention :

Tout cela n'est pas le fruit du hasard. Chacune de ces femmes a eu un premier enfant sain, mais les suivants étaient mort-nés, ou morts à la naissance, ou peu après. Les sages-femmes le savent bien. Elles n'utilisent pas le terme médical exact, mais se contentent de les appeler « bébés bleus ». Il y a certainement une raison à ces décès. Et s'il y en existe une, pourquoi ne la connaissons-nous pas ? Pourquoi ne pouvons-nous remédier à ce mal ?

J'y réfléchissais la nuit dernière, quand j'ai cru entendre une voix. C'était celle de la comtesse. Il y avait des années que je n'avais plus pensé ni à elle, ni à son cousin, ni à toute cette étrange histoire, depuis la mort de père, mais en cet instant, je l'ai entendue aussi distinctement que si elle était dans la pièce, avec son accent et ses intonations reconnaissables entre tous : « Peut-être le fait de porter un enfant a-t-il constitué un obstacle. Peut-être deux sangs différents se combattent-ils. Qui peut le savoir ? »

Cela m'a donné à réfléchir. Ces morts ne sont pas liées aux différences de groupe sanguin, cela, nous en sommes maintenant certains. Il doit exister un autre facteur dans le sang de la mère et dans celui de l'enfant. Une opposition, comme celle entre la main droite et la main gauche…

Ellen se leva. On l'appelait. Elle referma le carnet, consciente de l'importance du passage qu'elle venait de lire. Peut-être finalement le bien était-il sorti du mal. Ces notes marquaient le début des inlassables recherches d'Ellen Laidlaw-Macmillan sur ce que l'on appelait aujourd'hui le « facteur rhésus », et qu'elle désignait sous le nom de « facteur sanguin défavorable ».

Quand Ellen parvint en haut de l'escalier, sa décision était prise. Lors de leur première sortie, Andy lui avait demandé ce qu'elle voulait faire plus tard, et sa maladie l'avait contrainte à répondre : « Je ne sais pas. Je n'y pense pas. » Elle y pensait, bien entendu, mais comme quelqu'un qui n'a pas d'avenir. Désormais, il en allait autrement : elle avait toute une vie devant elle.

Elle connaissait maintenant la réponse à cette question.

Elle aurait beaucoup à rattraper, car elle avait été longtemps absente, mais c'était encore possible. Elle commencerait dès son retour au lycée. Ce serait long et difficile, mais elle savait qu'un jour, elle serait médecin. Elle avait pour ainsi dire le métier dans le sang.

Du même auteur aux éditions du Seuil :

Journal d'une sorcière
2002

Vies de sorcière
2003

Mémoires d'une pirate
2004

Le Testament de Stone
2008

La Balade de Sovay
2009

Illyria
2010

Réalisation : Delphine Ollier
IMPRESSION : NORMANDIE ROTO S.A.S. À LONRAI
DÉPÔT LÉGAL : MARS 2011. N°104165-1 (110764)
Imprimé en France